陰陽巡界人

貓邏

目錄

第一章　神巡攝影

01

五、六月份通常是即將畢業的大四學生開始找工作的時期，因為生活模式即將出現大變動，這個時間點的他們，煩惱和困惑也是最多的。

池丹錦跟同學們一樣，處於即將畢業的迷茫期。

同學們現在都在忙著找工作，不然就是考研，希望可以在畢業前就定下未來。

她也在這段時間想過很多關於未來的規劃。

她的體質特殊，眼睛易於常人，可以看見一般人看不見的東西。

——特殊的氣場、鬼魂、怪物、某些老物件散發的光芒等等。

家人帶她詢問過道士、大師、靈媒等神秘世界的高人，他們說她的眼睛是一種相當稀罕又特別的「天眼」，說她是帶著「天命」誕生的神職者。

當她詢問是什麼任務時，那些大師又模稜兩可的說：「時候到了，妳就知道了」。

說了跟沒說一樣。

也因為這樣的特殊體質，她不喜歡人潮太多、太過熱鬧的地方。人多，一些古古怪怪的怪物也多，氣場更加混雜。

「怪物」是池丹錦對那些東西的稱呼，因為她根本不知道那是什麼鬼玩意！

它們像鬼魂一樣飄忽，渾身發散著灰霧、黑霧、紅霧或紅黑霧，穿梭於都市各個角落。

它們的形體是不規則狀，最常見到的是扭曲的人形輪廓，以及一堆纏繞在一起的蚯蚓型、蛇型、繩索型，總之就是一堆歪歪扭扭、形體有大有小的長條物，偶爾也會出現長條物長出腳的情況。

它們會貼著人的影子和建築物的陰影移動，在燈光照耀下，它們就像是寄生於人影和城市之中的寄生蟲。

怪物會發散出讓池丹錦不舒服的惡念，根據她多年的觀察，有怪物存在的地方，總會發生各種爭執、災禍意外和流血事件。

那些怪物遇見她時，總像是看到什麼美味的食物一樣，會張牙舞爪地撲向她，在這個過程中，被怪物穿行而過的活人，很容易被「誤傷」，輕度情況就是近幾日的運勢變得低迷，喝水嗆到、走路平地摔、錢包被偷等衰事連連，嚴重些的就是夜裡不能成眠以及莫名其妙的生病。

一些能夠化為實體顯形的厲鬼也喜歡追逐池丹錦，它們同樣覬覦著她的性命，厲鬼們甚至會先從她身邊的人下手，干擾他們的心神，進而攻擊她！

池丹錦不只一次地感慨，難道她是唐僧？身上的血肉能讓厲鬼功力大增或是直接成仙？不然為什麼它們總是追著她不放？

為了避免其他人受害，池丹錦總是獨自一人行動，避免跟人有太過親近的往來。

池丹錦完全可以想像得到，要是她應徵了工作，那間公司在十天半個月後變成鬼窟的模樣。

嘖！還是別去禍害人了。

池丹錦翻開紀錄收支的記帳本，看著上面的紀錄沉思。

從大一開始，她就在經營自己的YouTube頻道，頻道的主題是攝影和美食。

YouTube頻道經營的還算可以，擁有八萬多的訂閱粉絲，在眾多主播的競爭中，能有這樣的成就算是相當不錯了。

不過訂閱數跟收益是不同的，並不是訂閱多就收入高，她的頻道無法維持她的生活開銷，不能以此為主業。

她的主要收入來源是販賣攝影作品以及模特兒和廠商的約拍，平均每個月的收入是四萬左右。

光看金額，收入似乎很不錯。

只是這四萬元是平均值，並不是每個月都能有穩定收入，遇到淡季時期，她可能接連一、兩個月都沒有收入。

如果不去找正職工作，光是靠著販賣攝影作品和約拍維生，就需要拓展業務，加大接單的工作量才行。

目光緩緩下移，池丹錦的視線停在收入最高的一筆紀錄上。

——「神巡攝影」購買廢墟照片三張，收入三萬。

「神巡攝影」是一間長期向她購買攝影照片的攝影工作室。

他們很喜歡她的「黑暗風格」系列，收購照片的價錢給得不少。

像她這種沒有知名度、也不算專業的攝影師，他們竟然給出一張五千到一萬元的價格收購，出手真的很大方！

即使對方要求照片獨家，需要將原始檔案交給他們，不能有任何複製檔案流傳在外，池丹錦也不介意。

因為那些「黑暗風格」的照片是她拍攝到的怪物和靈異鬼魅照片，她自己看了也不喜歡，就算對方不這麼要求，她也會自行刪除，所以這個條件她欣然接受。

池丹錦的黑暗風格照片，其實是封印怪物和鬼魅的照片。

她小時候經常被鬼魂和形體飄忽的怪物騷擾，讓她苦不堪言。

她試著向家人和朋友求助，朋友認為她是在編故事，藉此吸引他人關注，譁眾取寵；家人對她的話半信半疑，帶她看過醫生，也去找過靈媒和大師，卻也沒辦法幫她躲開那些怪物。

無可奈何之下，池丹錦只能自己找尋對付厲鬼和怪物的方式。

她現在對付怪物的一切手段，都是先從網路上找尋資料，而後經過無數次的親身測試，並加上各種誤打誤撞才試出來的。

攝影是她測試出來的最佳手段。

——相機剛被發明出來時，有些人認為照相會將人的魂魄攝走……

這是她偶然間參觀相機博物館時看到的描述。

也是因為這句話，讓她靈光一閃，想到了對抗怪物的方法。

——如果我用相機拍攝那些鬼物，能不能將它們攝入相機，變成照片，就像是「封印」那樣？

經過實驗後，池丹錦驚喜地發現，她的異想天開竟然實現了！

她所看到的怪物和厲鬼，竟然真的可以「拍照封印」！

那些被她拍攝到的鬼怪，有的會變得稀薄、像是被削掉一部分；有的會遭受重傷，有的會直接消失，只留下相機內存中的影像。

而且被封印在照片影像上的鬼怪和邪穢氣場，普通人也能看見。

意外開發出「相機封印術」後，池丹錦就習慣隨身攜帶手機和照相機，一遇到鬼怪就對著它們「喀嚓、喀嚓、喀嚓」地一陣猛拍，拍出來的東西，就成了她的「黑暗風格」作品。

只是「相機封印術」也有缺點，那就是——手機和照相機很容易損壞。

能用上一、兩年或是好幾年的手機，經常在拍了十幾張怪物照片後，就莫名其妙地「壞」了。

第一次出現這種狀況時，池丹錦還以為是手機故障，將手機送去維修。

維修師將手機打開一看，發現手機裡頭的電池和面板全都被燒毀，完全救不回來，只能重買新機。

之後這種情況又發生過幾次，池丹錦才後知後覺的發現，手機的毀損跟鬼怪本身的實力有關。

越是強大、越是難纏的鬼怪，被攝入相機後，相機的損壞程度就會越高。

為了錢包著想，池丹錦嘗試了幾種讓手機延長使用壽命的方法，後來發現，在拍完鬼怪照片後，帶著手機去廟宇拜拜，再將手機往大香爐上繞幾圈，用裊裊香煙淨化一番，就可以讓手機的受損程度減輕。

不過這種方式也不是十全十美，如果她拍攝到的鬼怪力量強大，很可能在拍攝途中手機就掛了，根本等不到淨化手機的流程。

於是，池丹錦在經濟寬裕一些後，就去買了幾部便宜的二手手機帶在身上，遇到怪物時，先用二手手機上場拍拍拍，就算二手手機報廢了也比較不心疼。

而且手機壞掉也不是壞事，因為被封印在裡頭的鬼物會因為機器故障而消亡，不會再次出來為禍人間，節省了淨化和刪除照片的時間。

後來跟「神巡攝影」往來的次數多了以後，神巡攝影送她一支新手機和一台數位照相機，說是工作室合作的廠商新研發的產品，廠商送來請他們測試，工作室就轉送給她一份，讓她評測看看好不好用？

池丹錦很感激對方的贈與，也認真地寫了使用心得，後來聽說商品上市了，廠商還特地送了完成版的手機和相機給她。

「為什麼工作室對我那麼好？」

她和神巡攝影只是買賣照片的交易關係，自己不是對方的職員，也算不上朋友，可是逢年過節時，她總是能收到神巡攝影送來的節日禮物，實在讓她受寵若驚。

負責跟她聯繫的職員姊姊「木桃」回答：「因為我們覺得妳很有潛力。妳拍的照片是有靈魂、有靈性的，我們都很喜歡，老闆也希望能夠跟妳有更多的合作，送妳禮物是想要跟妳打好關係……」

「妳也不用有壓力，只要多拍些好照片賣給我們就行了，除了黑暗風格以外，上次拍的日出照也很棒，我們也都很喜歡，希望妳能多拍一些……」

作品能夠獲得喜愛，這是所有創作者都會覺得高興的事情。

於是乎，池丹錦那個週末就帶著新手機和新相機，衝去山上拍日出。

神巡攝影果然喜歡她的日出作品，按照「質感」的差異，以每張一萬到兩萬的高價收購，少數一、兩張他們覺得「特別有靈氣」、特別有意境、特別高質感的照片，還會給到一張三萬元的高價，比黑暗風格的作品價格高出許多。

只可惜，符合他們要求的日出照並不好拍，數百張之中只能獲得一、兩張，有時候甚至沒有。

而且也不是每次的日出拍攝都能成功，偶爾也會遇到陰雨天或是霧氣大的天氣，導致拍攝行程不順利，所以池丹錦的錢包至今依舊扁平，沒有因此暴富。

池丹錦看著手機上的通訊紀錄，想著要不要主動詢問神巡攝影，看他們願不願意收購更多她的攝影作品？

有了穩定的收入來源後，她就算不去工作也沒有問題。

猶豫時，她的手機傳來了Line的短訊提醒聲，敲她的人正是神巡攝影的木桃。

木桃：親愛的錦，聽說妳快要畢業了，開始找工作了嗎？

丹錦：有在考慮，只是還沒想到要找什麼工作。

木桃：有考慮繼續拍照嗎？〔貓貓歪頭好奇〕

丹錦：想啊！我很喜歡攝影，可是攝影的工作不賺錢啊……〔貓貓嘆氣〕

木桃：那妳要不要考慮當我們的約聘攝影師？

丹錦：約聘？

木桃：對！我們的約聘攝影師都是跑外拍，一個月只需要跑四個地點，平均一星期拍攝一次，外拍大多一天就能完成，路程遠的話就是兩、三天……

木桃：我們一次外拍的工時是抓兩天，包含路程和住宿，超過兩天就算加班，會給加班費。

木桃：我們公司的外拍會比較辛苦，公司選的地點大多是廢墟、山區或是荒郊野外，要爬山涉水，所以工作室給的薪資福利也比較高，底薪四萬，加班費、差旅費以及各種福利津貼另算，一個月差不多能拿五萬五到六萬多。

木桃：而且工作年資越長，薪水就越多，福利也越好。我們公司的資深攝影師，月薪都是十幾萬起跳！

木桃：另外，妳在私人時間拍攝的作品是屬於妳自己的，工作室要是看中了，會跟妳購買，就像以前的合作方式一樣。

木桃提出的待遇真的很不錯，薪資比池丹錦在網路上查詢的攝影師薪水要高出不少，再加上她以前跟神巡攝影合作愉快，神巡攝影給錢大方，不會拖延，也不會干涉作品拍攝，她猶豫一下便同意了。

02

神巡攝影的工作室位於傳統菜市場旁邊的老街上。

這個區域的房子都有四、五十年以上的屋齡，外觀老舊，但是房屋狀態維持的不錯。

老街上有便利商店、雜貨店、五金行、飲料攤、服飾店和各種賣吃的家庭餐館。

神巡攝影就位於老街的底部。

神巡攝影的辦公樓共有五層，一、二樓是「結緣婚紗攝影」，它是跟神巡攝影合作的婚慶公司，三樓到五樓屬於神巡攝影的地盤。

雖然這個社區看起來頗為老舊，又因為鄰近菜市場的關係，人潮多又雜亂，還不時有討價還價的聲音跟各種食材的腥氣飄來，但是池丹錦並不討厭這裡。

因為這裡很「乾淨」。

這個地區沒有棲息於陰暗處的鬼怪，沒有古怪混濁的氣場，沒有不明的怪物存在。

這裡的氣場很清亮，讓人覺得舒服。

讓搭乘大眾交通工具，忍受一路的擁擠人潮和幢幢鬼影騷擾的池丹錦，在來到這裡以後，頓時覺得心曠神怡。

要不要搬到這裡來？

池丹錦心動地想著。

她現在住的租房隔壁有一座香火鼎盛的福德正神廟（土地公廟），靠著土地公的庇佑，她住的那個區域才沒有魑魅魍魎，只是土地公仁善，祂只管處理邪穢，對於鬼魅，老人家通常是睜一隻眼閉一隻眼，只要對方沒做壞事，老人家就任由他們通行。

畢竟其中大半的鬼魅都是那裡的「老居民」，並不是外來侵擾的惡鬼。已故的先人想要回家看看家中的子孫後代，總不能不讓人回家吧？

所以池丹錦也只能忍著不便，讓自己習慣看電視的時候有鬼鄰居圍觀，吃飯的時候有鬼鄰居在旁邊垂涎觀看，洗澡……

噢，沒，他們還沒那膽子敢闖進浴室，不然會被她拍死！

雖然這些鬼鄰居給池丹錦帶來不少困擾，但是鬼鄰居對她也不錯，經常跟她分享社區的小道八卦，哪間商店有折扣優惠也會告訴她，晚上回家，要是身後有心懷不軌的人跟隨，這些鬼鄰居還會幫她解決。

整體而言，他們相處的還算不錯。

只是池丹錦還是想搬家。

除了想找個乾淨區域居住之外，另一方面也是因為她現在的租房離神巡攝影太遠，從她的租房到神巡攝影，單程的交通時間就要一小時又三十幾分。

雖然她一個月只需要到公司幾趟，不用天天上班，但是作為愛睡覺、早起困難人士，池丹錦還是希望住得離公司近一點。

不過找房子和搬家都是之後的事了，她來這裡的主要目的是面試和簽聘僱合約，等一切都談妥當了，再處理其他。

神巡攝影工作室的內部環境，跟池丹錦想像中的有些類似又有些不同。

辦公室寬敞明亮，但是工作人員卻不多，很多張辦公桌都是空著的。

要不是跟神巡攝影合作多次，對這間工作室有一定的信任，池丹錦真會以為這裡是個空殼公司。

負責面試池丹錦的人是她的熟人木桃，雖然兩人只是在網路上聊天，沒有真正見過面，但是見到木桃時還是讓池丹錦放鬆不少。

「哈哈，終於見到妳了！」

一見面，木桃就熱情地給了池丹錦一個大擁抱。

「看妳之前都是拍外拍，我還以為妳是運動型女生，喜歡爬山涉水、曬出蜜色肌膚、感覺很帥氣的那種，沒想到本人這麼可愛，是白白軟軟的甜妹類型啊！」

木桃巴啦巴啦地誇了池丹錦一頓，表情真誠，讓池丹錦相當不好意思。

「妳長的這麼好看，沒人找妳當模特嗎？那些日、韓的服飾品牌都喜歡找甜妹當模特，妳以後要不要考慮兼差啊？我們公司給的模特薪資很不錯喔！」

「不、不了，我不習慣，我還是喜歡拍照。」池丹錦搖手拒絕。

「哈哈，我也喜歡妳拍的照片，妳拍的照片我自己都收藏了好幾張！」

「之前早就想拉妳來我們公司了，只是那時候妳還在上學，不適合。我就想著，等妳畢業了，要是想要繼續當攝影師，我就一定要拉妳過來，現在終於被我等到了！」

木桃的笑容很有親和力，態度爽朗又熱情，池丹錦雖然不太適應跟人太過親近，但是她並不討厭木桃這樣的性格。

相反地，她很羨慕並且喜歡這種性格開朗的人。

「來，妳先看看合約，要是沒問題就簽名，有問題我們可以討論。」

木桃將合約遞到池丹錦面前。

合約內容很簡單，就是將木桃跟她說的條件和薪資待遇列上，再加幾行正式合約的制式條款，一張紙就條列完畢。

合約是一年一簽的短約，日後等池丹錦熟悉了神巡攝影的合作模式，可以改成數年的長約。

「其實長約的薪資福利比短約更好，只是工作需要磨合的嘛！要是妳一來就讓妳簽長約，我想妳也不願意。」木桃帶著略為遺憾的口氣說道。

「嗯。」池丹錦認同地點頭。

要是神巡攝影一開始就要她簽幾年的長約，那她真的需要再考慮考慮。

「不過短約也不錯啦！只要妳表現好，以後的合約條款和福利也會隨著提高，不吃虧，等以後妳覺得公司不錯，想簽長約的時候我們再談。」

「好。」池丹錦笑著點頭。

她很滿意短約，也很滿意合約的條款，要是跟神巡攝影合作愉快，日後她也不介意換成三、五年的長約。

簽約完成，池丹錦順口詢問了附近的租屋情況。

「妳要搬到這附近啊？問我就對了！我住的那裡正好有空房間出租！跟我同租的房客上星期搬走了，現在還沒有人來租房！」

木桃笑得眉眼彎彎，熱情地推薦著。

「那裡是共享公寓的模式，二樓一整層都是房客的空間，廚房、浴室、客廳和陽台這些都是共用的，水電瓦斯費大家一起分攤。」

「房租七千，這個價位在這一區算是便宜了，而且房東前幾年才重新裝潢過，家具也有汰換過一遍，雖然是買人家工廠打掉的瑕疵品，但是家具只是有些刮傷、缺角，不影響正常使用。」

「房東一家都很和善！房東的長相看起來兇，其實人很好。房東太太我們都叫她『玫瑰姨』，她喜歡煮飯，經常會送一些她試做的新品給我……」

劈哩啪啦介紹一番後，木桃就拉著池丹錦前去看房。

「現在就走？妳不是在上班嗎？這樣是翹班吧？」池丹錦訝異地低聲詢問。

「放心、放心，我們公司的上下班時間很自由，只要妳能把工作做完，就算一星期只來一天也可以！」

「真的假的？」

「真的呀！我們有很多同事都是利用網路遠距離工作，一個月只來公司一、兩次。外面不是有一堆辦公桌空著嗎？那就是他們的座位。」木桃解釋了工作室沒幾個人的原因。

「真好……」

這麼寬鬆的上班條件，其他朝九晚五、天天加班，甚至假日也不得休息的上班族肯定相當羨慕！

池丹錦走後，原本顯得有些空蕩蕩的辦公室突然熱鬧起來。

一些藏匿起來的「同事」從各個角落「飄」出來。

是的，飄。

神巡攝影工作室的同事，有一半都不是人。

「那個就是池丹錦啊？拍日出照的人？」綁著雙馬尾的小女孩問道。

「是她，桃姊終於把人拐來了。」

「這次的新人感覺不錯，氣息清正，人看起來也好相處。」

「新人過來應聘，為什麼我們要躲起來啊？」另一人面露不解。

「因為這位新人不簡單，她能夠一眼看穿我們的真身，桃姊不想把人嚇跑，就叫我們先躲著。」

「可是她以後總是要來上班的吧？難不成她每次過來上班的時候我們都要躲？」

「不用，桃姊說只要把人拐來簽約，合約簽訂後她就是同事，不需要躲了。」

「這小姑娘身上也沒有特殊的靈動，怎麼就能把日出時的紫氣抓下來呢？」

「上面的人也調查了很久，他們也查不出是什麼情況。」

「管它什麼情況呢！反正能用紫氣修煉就好。」性格活潑的少年笑嘻嘻回道。

「沒看到日出照之前，我都不知道，原來日出時的紫氣還能被抓拍下來！嘖嘖！真是活久了，什麼稀罕事都能見到！」穿著古裝長袍、容貌冶豔的女子掩嘴笑道。

「可惜這種手法抓下的紫氣，頂多留存三個月，還不能重複印製照片，只有初版照片有用，而且初版也只能印出三張……」

不然他們直接刷刷地印個上百萬張照片，所有人都能分到照片，根本不用愁修煉的事情。

「哎呀！能夠藉由這樣的方式修煉就很不錯了，以前還沒這樣的資源呢！」旗袍女子寬慰道。

「那我們以後是不是可以近水樓台，搶購那些作品？」書生模樣的青年滿懷希冀的問。

「那就要看老闆了，聽說其他部門的人搶的可兇了！」

03

木桃的住處離神巡攝影不遠，只隔了兩條街，騎機車約莫十幾分鐘，要是走路，從巷子中穿行，只要半小時就能抵達。

木桃騎著機車載池丹錦穿行於街道，順便跟她介紹周圍環境。

「這裡有很多小巷子，開車不方便，建議妳買機車或是自行車，搭公車也可以，公司附近的菜市場有停靠站，不過公車會繞一大圈，大概要四、五十分鐘才會到公司。」

「到了，前面那間『福緣金香舖』就是了。」

木桃將機車停在福緣金香舖的店門旁，店門口的櫃台處坐著一名面容看起來有些兇惡的中年人，他正拿著手機在玩麻將遊戲，麻將遊戲的音樂聲和「二條」、「四筒」

之類的聲響不斷響起。

「萬能叔，我帶朋友來看房子。」

木桃站在門口朝中年人招手，又將池丹錦拉上前。

「她叫做池丹錦，今天跟神巡攝影簽約，以後就是我們的約聘攝影師啦！」

「萬能叔，您好。」池丹錦客氣地揮手打招呼。

「是新同事啊？妳好、妳好。」

林萬榮笑嘻嘻地朝池丹錦揮手，操著一口台灣國語說道。

「我叫做林萬榮，年輕時做過很多工作，學了不少技術，所以大家都叫我『萬能』，妳叫我萬能叔就行了！這是我兒子『林百福』，他跟妳一樣，都在神巡攝影工作……阿福、阿福！」

林萬榮轉身朝坐在櫃台內側的兒子拍了一巴掌，差點把正在摺金元寶的林百福給拍趴下。

「爸！你幹嘛啊？」林百福揉著被拍痛的肩膀，滿臉茫然。

「什麼幹嘛？你同事來看房子，你帶她去看看。」

「啊？」林百福滿臉茫然地看了池丹錦一眼，「不是有木桃姊嗎？她帶她去就好了啊……」

「說什麼屁話！」林萬榮又拍了兒子一巴掌，「你木桃姊也是房客，讓房客帶人看房像什麼話？去去去！」

林萬榮一邊推著兒子走出櫃台，一邊又對池丹錦笑得燦爛。

「我這個兒子比較呆，憨傻憨傻的，明明人長的也算帥，但就是嘴笨！到現在都沒交過女朋友！」

「爸……」林百福皺著眉頭，不懂他老爸為什麼要說這些？

「嘖！」林萬榮白了蠢兒子一眼，又揉了一把他的腦袋，吐槽道：「這小子一點都不像我，我年輕時可是很受歡迎的！要不然我家『水某（漂亮老婆）』也不會看上我，那麼多人都不嫁，就只願意嫁給我！」

林萬榮自豪地抬高下巴，顯然對於自己擊敗眾多情敵，娶得漂亮老婆一事相當自豪。

「我跟你們說啊，我家水某年輕的時候可是菜市場一枝花！當年好多年輕人都喜歡她，送的情書可以裝好幾麻袋！」萬能叔瞪著眼睛，語氣誇張說道。

「萬能叔，你怎麼知道情書裝了好幾麻袋？你偷看過？」木桃笑嘻嘻地舉手發問。

「我拿去丟的啊！怎麼可能不知道？」林萬榮回的理直氣壯。

「你是說，玫瑰姨讓你把……」木桃詫異發問。

「不是、不是，我以前是糾察隊，每天早上要巡視班級，維持秩序、檢查整潔。」林萬榮搖手澄清道：「以前都會把情書放抽屜啊，抽屜放滿了就放桌上，我就說學校不給談戀愛，這些是違禁品，要清掉！」

「萬能叔，你這招，高！」木桃朝他豎起大拇指。

「嘿嘿嘿……」

林萬榮笑得一臉得意洋洋，原本兇惡的樣貌也因為笑容變得憨厚起來，整個人顯得親切多了。

林百福看不慣自家老爸的模樣，翻了個白眼，朝池丹錦招招手。

「走吧！我帶妳去看房間。」

「小錦，妳跟百福去吧！我跟萬能叔說點事情再走。」

木桃笑嘻嘻地朝池丹錦擺擺手，又道：「房子就在隔壁，走過去就行了。」多說的這句話是為了安撫池丹錦的心，不讓她因為待在陌生環境、面對陌生人而害怕。

池丹錦聽出木桃的意思，對她笑了笑，而後跟著林百福離去。

她的外表看起來乖巧、溫和，像是被家長呵護的孩子，其實她因為體質的關係，早早就脫離家庭、在外獨立生活。

從國中時期開始，她就一個人在外租房居住，一個人面對各種情況，不過是看個房子，還不至於讓她害怕。

不過木桃的體貼也讓她好感度上升，原本不想跟人同住的想法也產生動搖。孤單久了，自然也想要有人陪伴。

池丹錦原本就不是獨來獨往的性格，是因為體質的關係才刻意跟人疏離。

剛才木桃騎機車載她穿行的時候，她注意到，這個區域全都「很乾淨」，像是一直都有特殊力量在「清理」環境。

萬能叔經營的香燭金紙鋪還被一圈淡淡的功德金光籠罩，一看就知道是積善人家！

待在這樣的地方，她完全不用擔心自己的體質會吸引鬼物聚集，也不用擔心周圍鄰居會沾染那些陰晦鬼氣。

如此一來，她也不用避諱跟人同租一屋。

「一樓是我家自己住的，二樓租給房客，三樓的陽台是公共區域，我媽在上面種了幾盆花，你們要曬衣服也可以在上面曬。」

林百福走在前頭領路，簡單的介紹。

通往二樓的樓梯就位於一樓進門處的大廳旁邊，並不需要穿過林百福一家居住的空間，要是稍微注意一下，錯開時間，房客跟房東一家遇見的機率並不大。

「我們家雖然是老房子，不過在出租之前，我媽特地重新裝潢過……」

二樓的布置帶著一些北歐風格，廚房是半開放式，奶油色的牆面搭配木製家具、木紋地板以及顏色繽紛、彩度柔和的拼布沙發，看起來相當清新且舒適。

「沙發是我媽特地選的，說是用最新發明的科技布製作的，有防潑水功能，弄髒了用濕抹布擦一擦就乾淨了。」

林百福帶著池丹錦參觀了浴室、廁所、陽台等處，最後來到房間。

房間有兩間，一間靠近角落陽台，一間靠近房屋內側。

「角落這間是木桃姊的，兩個房間的格局和布置都一樣，不過木桃姊喜歡曬太陽，房間的窗戶改成了大落地窗，白天的採光很好，妳的房間只有一扇正常規格的窗戶……」

「這樣很好，我不喜歡大窗，正常的窗戶就好。」池丹錦斷然回道。

不少鬼怪總會喜歡趴在窗邊窺探，池丹錦小時候被嚇過好幾回，這也導致她不太喜歡靠近窗邊，尤其是大型的落地窗。

房間內部空間很寬敞，比池丹錦現在的住處大。

床鋪是加大的單人床，牆上安裝了冷氣機，角落處擺放了衣櫥、書桌、電風扇和一個置物櫃，餘下的就要房客自己添購了。

由於這裡的布置實在太合乎池丹錦的審美，「乾淨」的環境也讓她相當喜愛，她原先的猶豫瞬間被打散。

「房租多少？」

「六千。」

「六千？木桃姊跟我說是七千……」池丹錦頗為詫異。

這個地區的房租她雖然沒有事先打聽過，但是按照她的經驗估算，房租應該在七千到一萬之間，沒想到竟然只需要六千？

「七千是加上水電瓦斯的金額。」林百福笑著解釋道：「我媽說，大家都是同事，房租就算妳們便宜一點，反正我們家也不靠房租吃飯。」

林百福說得豪氣，讓池丹錦有些羨慕。

什麼時候她才夠實現財富自由，在金錢上也這麼大方呢？

池丹錦不是有錢人，能用六千元租到這麼好的房子，自然是接受了。

不過她也不是拿人好處卻不回報的人。

既然對方是因為他們是同事關係而減房租，以後在工作上，林百福要是遇上什麼麻煩，她就多照顧對方一些！

04

池丹錦只用了三天時間完成搬家和新屋安居。

按照她原本的規劃，原本是要耗費更多時間的，別的不說，光是將行李搬運到新住處，就需要她像小螞蟻一樣來來回回的搬運。

誰叫她沒有自己的車子，只能搭乘大眾運輸工具呢？

後來還是善心又熱情的房東太太「玫瑰姨」知道她沒有交通工具後，直接叫她的兒子林百福開車幫她搬行李，這才縮短了她的搬家行程。

玫瑰姨是一位身材豐腴、笑容爽朗、大方熱情的婦女。

她跟丈夫的感情很好，兩人經常將「我老公最帥了」、「我老婆最漂亮」這樣的話擺在嘴邊，把外人都要閃瞎了。

玫瑰姨是一位很懂得經營生活的家庭主婦，她在閒暇時會看著網路上的教學學習做菜、做布藝品、編織等等，也會在菜市場買花回家插花。

早上，夫妻倆會親親熱熱地一起去菜市場買菜；傍晚時分，兩人會手牽著手去散步；在店裡顧店時，夫妻倆經常交頭接耳的說話，即使都是一些日常對話和廢話，兩人也聊得興致勃勃。

池丹錦覺得，林萬榮和王玫瑰這對夫妻可以說是最理想的恩愛夫妻典範。從他們身上，她看見了屬於老夫老妻的幸福。

或許是房東一家的氛圍實在是太好了，池丹錦很快就融入新住處。

搬家過後，池丹錦便是閒在家裡，等著公司發工作。坐在軟硬度適中的舒適沙發上，百無聊賴地刷著班級聊天群。

聊天群中，同學們有一搭沒一搭地說著應徵工作的事情，幾乎每個人都在哀號工作不好找，薪資與期望相差太多，還有人埋怨面試時遇到怪人怪事，以及奇葩的公司和面試官。

例如：面試時問了公司福利，對方卻突然冷笑一聲，陰陽怪氣的說他們好高騖遠，還沒為公司帶來成績就想要好處！

問話的人瞬間傻眼，頭上冒出好多問號。

「福利也就算了，畢竟有些公司根本沒福利，怕人問！但是問薪水不是很基本的事情嗎？我們工作就是為了賺錢生活啊！難道老闆以為我們在做公益？」

應徵的同學很委屈，其他人則是哈哈大笑，笑中帶著無奈和對未來的茫然。

不得不說，確實有很多小公司會把一個人當兩人用，還美其名為「鍛鍊」，說這麼做是「為你好」、「讓你學習經驗」！

明明面試的職務是設計助理，對方要求的工作內容卻還加了倉庫管理、訂單接洽、雜務工作等等；明明做的是內勤工作，卻還要配合出差、協助銷售、跑外勤，甚至還要幫老闆去學校接孩子放學！

求職的人微微一笑，揮一揮衣袖不帶走一片雲彩，瀟灑轉身離開。

也有人遇到傳銷公司，口頭上說得天花亂墜，前程、夢想、錢途畫了好大一個餅，實際上是想從你口袋裡掏錢；還有到了公司準備面試時，卻發現整棟樓房陰森詭異又髒亂，活像是什麼不良場所，讓人完全不敢進去應徵，直接掉頭開溜……

除了上述令人無語的情況，也有少數人順利應徵上想要的工作，在群裡獲得一堆人點讚和道喜。

如果不要求薪水、待遇、福利、前景等東西，工作其實不難找，但是一加上希望的待遇和工作環境、預期前景……想要找到喜歡的工作就很困難了。

看著同學們的抱怨，池丹錦很慶幸自己已經找到了工作。

而且還是一份薪資待遇都不錯的工作。

就在這時，木桃敲門進入她的房間，順手拉了張椅子坐在池丹錦身旁。

「公司的網站剛剛上傳了任務單，我給妳接了兩個比較簡單的任務，讓妳練練手。」

神巡攝影的工作是公司按照類別下發給各組，再由各組組員自選，要是餘下一些任務單沒人想接，就會由組長安排協調，分發給組員。

這種發任務接單的形式有好有壞，好處是員工可以選擇想要什麼工作，壞處也一樣，要是手腳不夠快，就會眼睜睜看著一些輕鬆的工作被接走，自己只能做一些費時費力的工作了。

不過這些費時費力的工作也有一個好處，那就是任務積分高！

任務積分跟公司對職員的績效考核有關，評分越高，就越容易升職加薪。

所以在挑選任務時，有經驗的老手會在一堆輕鬆的任務中參雜一、兩件有難度的任務，免得績效考核的成績不好。

池丹錦加入神巡攝影後，被分派到木桃的丙七小組，成為她手底下的一員。

「公司的拍攝任務地點大多是固定的，只有少部分是新增的。」

木桃一邊操作手機進入神巡攝影的任務單頁面，一邊跟池丹錦講解著概況。

「妳剛進入公司，對這些不了解，所以剛開始的任務會由我來發給妳，等到妳熟悉公司的任務後，就可以自己接任務了。」

「每星期的星期一早上八點半，公司就會統一發出任務單，月底進行結算，每個月的五號發薪水。」

「好，我知道了。」池丹錦逐一記下木桃說的話。

「公司的網站是內部網路，需要有公司發放的內部職員帳號才能登入，妳的帳號今天早上發下來了，我現在就教妳使用公司的網站……」

神巡攝影的內部網站功能多卻不複雜，在木桃的教學下，池丹錦很快就上手。

「妳到外地進行拍攝的時候，可以直接登入網站上傳照片。」木桃提醒道：「上傳的照片會自動傳輸到丙七小組的專屬相片庫，我這邊也會同時收到系統通知，要是我剛好有空，就可以先審核妳拍的照片，有哪邊需要補拍或是需要重拍、加拍的，我也能夠及時通知妳……」

「一般當天上傳的照片，我都會當天審核完畢，最晚妳隔天早上就能收到我的回覆。」

頓了頓，木桃又補充說道：「通常來說，補拍和重拍的情況很少，如果要補拍，公司會看情況給加班費。」

「好。」

池丹錦細心地將這件事情紀錄在手機中。

「這兩個拍攝任務不難，地點又在附近，我讓阿福當妳的搭檔，他不懂拍攝，就只是當妳的助手兼司機，打光板、支架那些都可以交給他。」

「……不能我自己拍攝嗎？我以前也都是自己去拍。」

池丹錦有些緊張地抿了抿嘴，她獨來獨往習慣了，實在不想跟一個陌生人搭檔合作。

「不行喔！」木桃果斷地否絕了她的意見，「公司選的拍攝地點大多很偏僻，妳一個女生去很危險，還是要有保鏢跟著。」

「可是……」

「不用擔心，阿福那小子雖然看起來不強壯，其實他打架很厲害的。」

「……」

最後，池丹錦還是聽從了木桃的話，傳訊息跟林百福聯繫外拍事宜。

丹錦：你好，請問你有收到桃姊發的任務單了嗎？

阿福：有兩張，是妳的任務？

丹錦：對，桃姊要我跟你組隊拍攝，你什麼時候有空？

阿福：都可以。

丹錦：請問從這裡到第一張任務單的位置要多久？

阿福：開車大概一個半小時，之後還要走半小時左右。

丹錦：任務單說要拍黃昏時的景色，那我們明天下午一點出發？

阿福：好。

結束傳訊，林百福放下手機，繼續折手裡還沒折好的金元寶。

想了想，他又對坐在櫃台處、正拿著手機玩麻將遊戲的老爸喊了一聲。

「爸，我明天下午要跟池丹錦出任務，下午你要自己顧店。」

「跟樓上的妹妹出去啊？好啊、好啊！」林萬榮眉開眼笑的點頭，「工作做完以後，記得帶人家去吃飯和看電影啊！」

「爸，我們是去工作！」林百福皺著眉頭抗議。

「我知道啊，所以我讓你在工作完以後再帶她去約會嘛！」

「爸！我跟她只是同事！」林百福皺著眉頭抗議。

他跟池丹錦連朋友都算不上，約什麼會！

「哎！蠢兒子，男人要主動一點，你不約她，怎麼知道她不想跟你約會？」

「約會？誰要去約會啊？」

福緣金香舖店外傳來響亮的插話聲，緊接著，圓臉圓眼、笑容燦爛的王玫瑰便走了進來。

她的雙手各提了一個袋子，看起來沉甸甸的，也不曉得裝了什麼東西。

「哎呀！我家水某回來啦！」

見到自家老婆出現，林萬榮笑呵呵地走出櫃台，殷勤地接過她手裡的袋子。

「妳買了什麼啊？不是說去阿娥家聊天嗎？妳們跑去逛街喔？」

「沒有啦！我們去阿娥家幫忙，幫她醃泡菜，做小菜跟滷味，阿娥知道我愛吃滷味，送了一堆滷味給我，還給我一罐泡菜……」

王玫瑰甩了甩手，笑嘻嘻地跟自家老公說起這一天的忙碌。

「做那麼多事喔？哎呀，水某肯定累壞了，我看看妳的手，嘖嘖！手都勒紅了！來來來，我給妳捏捏。」

林萬榮讓老婆坐下，開始為她按摩手臂。

手上忙著，他嘴裡也沒有停歇。

「阿娥怎麼突然想要醃泡菜啊？」

「她要開麵店啊！我之前不是跟你說過嗎？」

「喔喔、好像有。」林萬榮也沒多想，隨口回道：「她什麼時候開店啊？到時候我們去給她捧場。」

「下禮拜就開店了，我們明天還要去幫她整理店面。這邊再重一點，對對、這裡好酸……」

王玫瑰一邊指揮老公按摩，一邊回道。

「平常在家裡煮菜，分量不多，不覺得有多累，今天幫阿娥準備開店要用的小菜、滷味那些，一弄就是一個大臉盆的量，光是洗菜就要洗一兩個小時！真的很累！要弄的東西好多！阿娥真的不容易……」

阿娥跟她的丈夫阿明原本經營著自助餐，夫妻倆同心協力，將自助餐經營的很好，只是三年前的冬天，阿明清晨出門採購時，被酒駕的人撞了。

兩輛車撞擊的力道強大，對方開的是名牌車，防撞性能好，阿明開的是車齡十年以上的老貨車，車頭全毀，人受到重傷，在加護病房住了大半年，險些救不回來。

即使出院了，腦袋受到重創的阿明，出現了半身不遂、說話變得不清楚、健忘、說話跳針、嗜睡，以及記憶缺失等毛病。

為了照顧丈夫，阿娥就把自助餐的生意收起來了。

「阿明好了喔？」林萬榮問道。

「好很多了，他復健做很好，現在說話比較清楚、能記人了，也可以自己走路、做一些輕巧的事情了。」

「喔喔！那很不錯啊！」

「是啊！為了治療阿明，阿娥家裡花了不少錢，那時候她的孩子還在唸書，醫療費、學費、生活費把夫妻倆的積蓄都耗光了，還好現在都熬過來了……」

王玫瑰感慨說道，同時也為阿娥一家的運勢好轉而高興。

「阿娥做的泡菜很好吃，很多客人都喜歡，我就建議她多做一點，放到網路上賣！」

「不愧是我的水某！就是聰明！」林萬榮笑嘻嘻地拍了一句馬屁。

「對了，剛才說誰要約會啊？阿福嗎？」

王玫瑰一臉興奮地看著自家兒子，就只等著他點頭說是。

「對啊，他跟小錦要……」

「爸，你不要亂說！我跟她是要去工作！」林百福連忙攔住老爸。

平常老爸口無遮攔、愛開他玩笑也就算了，可是池丹錦是他的同事，又是他們家的房客，這樓上樓下也沒有隔音，老爸、老媽的嗓門又大，要是被人家聽到，那多尷尬啊？

「工作也行啊！大家慢慢認識，從同事變成朋友，再從朋友變成男女朋友嘛！」

王玫瑰眉開眼笑地說道：「工作結束，記得帶小錦去吃飯啊！吃完飯也可以去看一場電影……」

王玫瑰跟林萬榮真不愧是夫妻，就連想法也這麼一致。

「對對對！我剛才也是這麼跟他說，水某，我們真是心有靈犀！」林萬榮咧著嘴、笑得很燦爛。

「……」

林百福無法抗衡老爸老媽兩人的圍攻，決定敷衍過去，可是夫妻兩人不放過他，非要他接受他們的「建議」，林百福只好妥協了。

「要是工作結束的早，我再問問她……」

至於會不會真的去詢問，就先不多想了。

第二章　神巡攝影的任務

01

神巡攝影有提供車子給職員外拍使用，林百福早上起床後，藉由慢跑運動的時間，跑去公司將車子連同一干攝影器材開回家。

到了家裡，老爸、老媽也從菜市場回來，手上還提了一份早餐。

一看就知道，這夫妻倆已經在早餐的攤位上吃過了。

「來，早餐給你買回來了，快吃。」

王玫瑰將早餐倒入餐具中，招呼著林百福吃飯。

桌上擺了大碗的滷肉飯，一碗淋了肉燥、加了滷蛋的麵線糊，一份白菜滷、一盤黑白切滷菜，還有一大袋的熱豆漿。

林百福的食量大，這些東西當作早餐正剛好。

吃完早餐，將碗盤洗了，林百福慢悠悠地走向隔壁的福緣金香舖。

他的老爸此時已經開了店門，正坐在櫃台處玩麻將遊戲。

林百福入內拿出了抹布，將櫃台和放置商品的架子都擦了一遍。

福緣金香鋪的店面臨著馬路，車來車往，汽機車煙塵廢氣多，就算每天擦拭依舊會落灰，清潔打掃也是早上開店後必做的準備。

等他做完開店的清潔工作，也到了跟池丹錦出門外拍的時間。

池丹錦已經收拾妥當，站在門口等他了。

「欸！等等、等等！」

在兩人上車時，王玫瑰拎著兩袋東西追了出來。

「我切了一些水果，還有礦泉水跟昨天烤的餅乾，你們拿著路上吃。」

王玫瑰將食物從副駕駛座的窗戶塞給池丹錦。

「謝謝玫瑰姨。」池丹錦道謝一聲，乖巧地接過。

經過這段時間的相處，池丹錦已經了解玫瑰姨的個性。

玫瑰姨性格慷慨大方，她喜歡一個人的方式就是送食物、把人餵飽飽。

要是跟她客氣推拒，她就會拿出長輩塞紅包的本事跟妳大戰三百回合，保證讓妳乖乖地收下食物。

不過要是對食物過敏或是不喜歡吃某樣食物，也可以直接跟她說，她不會強迫別人吃不喜歡的東西，還會細心地記下妳不喜歡的食物，保證下次不會再送給妳。

「阿福，你跟小錦是同事，小錦是新人，你要多多照顧她啊！」王玫瑰笑嘻嘻地叮囑道：「肚子餓了就要帶她去吃飯，累了就休息，不要像你以前那樣，忙完工作就餓著肚子回家，還要我半夜起來給你煮宵夜吃！」

知道母親是在埋怨哪件事的林百福，低聲反駁。

「我有說我吃泡麵就好，是妳非要起來煮的。」

「泡麵有營養嗎？年紀輕輕就吃那麼多泡麵，你是想把自己吃成木乃伊啊！」

王玫瑰兇了自家蠢兒子一句，轉頭開始跟池丹錦吐槽。

「小錦啊，我這個傻兒子腦子一根筋，很多事情妳不提醒他他就不會想到，妳要是肚子餓了、累了就直接跟他說，別不好意思說啊。」

「好，我會的。」

王玫瑰也沒有嘮叨太久，叮囑兩人路上小心後，就揮揮手送他們離開了。

林百福開著車往郊外的方向走，一路上兩人安安靜靜，都沒有交流溝通，氣氛有些尷尬。

池丹錦裝作查看任務單，拿著手機瀏覽。

只是任務單的資料也不多，就列出了任務的完成時限、地點、任務積分，幾眼就能看完。

看完任務單，池丹錦又打開公司的內部網站，瀏覽網站內容。

網站上有一個交流區，上面可以任意發文，各種內容都有，聊天灌水打屁都行。

另外還有一個文字聊天區，聊天區裡有很多聊天室，可以自己開一個聊天室、也可以隨便點一個聊天室進入，跟其他人打屁哈啦。

池丹錦還發現，聊天室的名稱有一定格式，最前面一定會有一個加了粗框的大類別，像是「【閒聊】上班摸魚找人混時間」、「【北區巡邏】又是開車到處跑的一天」、「【娛樂】年底到了，娛樂圈的醜聞要爆了」……

池丹錦點進爆料的聊天室，看著裡頭的人討論某某明星刻意壓下來的醜聞；某些藝人之間的愛恨情仇；某節目或某戲劇拍攝時的幕後八卦，看得津津有味。

池丹錦不追星，對那些藝人和節目、影劇的名字也是一知半解，不過這不妨礙她看八卦。

瀏覽八卦時，池丹錦也不忘分心關注林百福，時不時問他要不要吃水果或餅乾？

林百福是同事，又不是司機，她總不能把人家丟到一旁，自顧自地玩手機。

「我現在還不餓，妳玩手機吧，不用管我。」林百福耿直地說。

「我沒有玩手機，我在逛公司的網站……」池丹錦心虛解釋。

「喔。」林百福也沒說信不信，語氣平淡地回應一聲。

「……」

感到氣氛尷尬的池丹錦，默默地放下手機。

「你平常開車的時候會聽音樂嗎？」她試圖找話題。聽點音樂，車裡也比較不沉悶吧？

「我聽廣播。」林百福回道。

「那你怎麼不放？」

池丹錦沒有聽廣播的習慣，她平常都是在YouTuber的音樂頁面隨便選一首歌曲，讓它自動隨機播放。

「妳要聽嗎？」林百福反問。

「好啊。」池丹錦立刻同意了。

車內有點聲音總好過安靜的尷尬。

林百福開了廣播，沒有調頻，因為平常他開車出任務的時候，聽的都是這個「特殊頻道」。

原本這個頻道的內容是不能讓一般人聽見的，可是池丹錦已經跟神巡攝影簽約，算是自己人，而且她還是木桃觀察了幾年才拉攏進來的新人，不管未來她會不會成為他真正的夥伴，人品都是值得信任的。

即使池丹錦還處於「實習期」，林百福也是能夠向她透露一些「真正的工作內容」。

當然啦，為了避免觸犯規定，林百福不能直說，而是要讓池丹錦自己觀察到、注意到，進而主動向他開口詢問。

屆時，林百福就可以因為她的提問而進行回答。

02

「各位朋友大家好！我是『阿俊』，最英俊的阿俊就是我！現在是上午九點四十七分，歡迎大家繼續收聽『談天說鬼看世間』……」

歡快、活潑的男主持人聲音響起，驅散了車內的靜寂。

「阿俊的老朋友都知道，阿俊有一個很討厭、很討厭的親戚。」

「阿俊的生活起起落落，富有過、落魄過，我曾經開過十七間餐廳，月入幾百萬，住幾千萬的豪宅，也曾經當過流浪漢、睡在公園和大街上……」

「在我事業興盛的時候，那家親戚就笑嘻嘻的跟我套交情、攀關係。」

「後來我生意失敗了，他們就開始跟我疏遠，路上見面完全不理我，我打招呼的時候，他們還會撇過臉去，裝作沒看見！」

「他們還跟其他人說，我一直糾纏他們，是想要跟他們借錢！」

「天地良心啊！阿俊從來沒跟他們借過錢，反而是他們以前跟我借了不少，他們開店的資金，有一半都是跟我借的！人脈、通路也都是我給他們牽線的！」

「我跟他們討錢的時候他們不肯還錢，還嗆說他們就是沒錢，不想還錢，還到處去跟其他人說阿俊的壞話……」

「嘖嘖！這年頭，欠錢的都比債主囂張啊！」

「最近我很高興，因為他們家的『還債時間』到了！哈哈哈，我等這一天等好久了！終於被我等到了！」

「他們開的餐廳，菜色偷工減料，食材還用了不新鮮的便宜貨，被客人投訴，生意越來越差，欠了很多債，聽說他們最近準備找個冤大頭把餐廳高價轉賣出去……」

「他家那個眼高於頂、嫁給食品公司第三代的大女兒，她老公終於忍受不住她的脾氣跟多疑，準備要跟她離婚了。」

「說真的，食品公司小開可以撐這麼久才跟她離婚，真的很能忍！我還以為他們結婚不到半年就會離婚咧，沒想到撐了兩年！嘖嘖嘖……」

「不是我誇張，我那親戚的大女兒脾氣真的很糟糕，心情不好就罵人，有時候連老公爸媽也要看她的臉色行事！」

「也不曉得她是在高傲什麼，這個瞧不起、那個瞧不上，人也沒有長得多好看，學歷也不高，本身沒才華、沒工作，大學畢業好幾年，都是窩在家裡當米蟲……」

「她的嘴巴很臭，不只對家人說話不客氣，就連長輩也不敬重！」

「他們家隔壁鄰居是一個上了年紀的老人家，跟他們也是有親戚關係的。人老了，耳朵重聽，說話就大聲了一些，然後她就在家裡很大聲的罵，你們知道她罵什麼嗎？」

「她說，『老傢伙好吵！』……」

「你們聽聽，老傢伙，一個晚輩喊長輩老、傢、伙！」

阿俊刻意加重了語氣，嘴裡嘖嘖兩聲。

「我要是那鄰居家裡的人，肯定給她兩巴掌！」

「我那親戚聽她這麼喊，竟然也不糾正她！你們從這邊就可以看出來，這一家子是什麼玩意兒！」

「她對她兩個妹妹的態度很差勁，當長姊的，竟然把兩個妹妹當成丫鬟使喚，甚至還跟她們要錢，而她的父母還覺得理所當然！」

「說真的，要不是我確定那兩個妹妹是親生的，我真會以為她們是被收養的！大女兒跟老二、老三在家裡的待遇真的是天差地別！」

「你們知道為什麼她的父母會這樣差別對待嗎？」

主持人阿俊刻意停頓幾秒，讓觀眾們思考。

池丹錦也順著他的話想著理由，如果說父母親重男輕女，那也不對，因為三個都是女兒，而且聽阿俊的描述，這個大女兒也沒有什麼優點，怎麼父母親就偏愛她一人呢？

下一秒，阿俊公布了答案。

「因為算命師說，大女兒的命格好，以後會成為有錢人，讓父母享福！」

「哈哈，你們說好不好笑？就因為一個批命，他們就偏心大女兒！」

「我當初聽到這個說法時，我真的傻眼了！我還以為對方是在跟我開玩笑，結果不是，那對夫妻真的是這麼想，我的媽呀！」

「我後來請人幫我查了那位大女兒跟我那親戚的情況，那個大女兒的命格是不錯，可是也要她自己努力才行，結果被我那親戚這麼一搞，命裡的福氣都被扣光了，她的運氣就到婚姻為止，離婚以後，運勢就會越來越差⋯⋯」

「我那親戚也一樣，如果他們安安分分地過生活，晚年還是不錯的，不算大富大貴，但也平平順順。」

「可是他們不甘心啊！嚐過有錢的甜頭，就還想要繼續有錢啊！所以他們找了一些邪門歪道，又是補財運、又是辦法會、又是調整風水，錢大把大把地貢獻給大師。」

「他們還很高興，覺得補財運很有效。哈哈！當然有效，人家用『小鬼搬運法』，把他們下半輩子的財運搬來現在，挖後面的補現在的……」

「小鬼搬運法跟『五鬼搬運法』可不一樣，差一個字差很多！」

「五鬼搬運法是茅山術，還算正統正派，小鬼就是養小鬼那種，邪的，做事不講規矩，給你搬財運的時候還偷偷啃下一部分！」

「嘖嘖！他們這麼一搞，晚景淒涼啊！子孫不肖、負債、還有各種大病小病……」

阿俊的語氣十分幸災樂禍。

他和那親戚早就撕破臉了，雙方早已經結成了死仇，現在當然不會留什麼口德給他們。

「之前他們家運勢不好的時候，有一位大師跟他們說可以借運，那時候正是我的事業最好、最興旺的時候，他們就跑來我家偷偷下符，想要借我家的運！」

「而且他們還不只借我家的運，他們還向我和我的家人下災禍符、病符、傷符！他馬的，我都不知道我哪裡惹到他們，要這樣搞死我們一家！」

「那段時間我家真的是被搞的烏煙瘴氣，我家裡的人，出車禍的出車禍、生病的生病、還有莫名其妙受傷的……」

「剛好我朋友對這些有點了解，就叫我去『異管局』求助，這件事情才解決了！」

「他馬的，本來想報警的，可是法律對這些又沒有規定，告也告不了……」阿俊罵罵咧咧、氣憤無比。

池丹錦則是聽得津津有味。

她對於廣播的印象，就只有小時候跟在爺爺、奶奶身邊時，跟他們一起聽的廣播。

她知道廣播主持人會跟聽眾閒話家常，他們會播放音樂、會推薦各種保健藥品，而聽眾們也可以打電話進去跟主持人互動聊天。

整套流程就跟現在聽的廣播差不多，所以她也聽不出阿俊的廣播有什麼不對勁的地方，反而覺得開了眼界。

池丹錦知道符籙的存在，也使用過和配戴過。

普通人無法分辨符籙是不是有用，她可以。

某些香火鼎盛、氣息清正的正神廟宇，神明所加持的平安符上都會帶著一層稀薄的淺金色光輝，那就是符籙確實有神明祝福的證明。

少數修煉有成的算命師、道士、法師所開出的符籙，也會發出微光。

但是大多數的符籙和開光物品都是沒有光芒的。

那些東西沒有效用，只是買個心安的。

她見過的那些符籙都是正派符籙，就是常見的求平安、健康、福氣、事業財運、桃花姻緣等等，害人的符籙她還是第一次聽說！

03

「符籙真的能害人嗎？」池丹錦喃喃低語，眼底帶著困惑。

不是她輕視那些害人的手段，而是就她看過的那些符籙，本身的力量都不強大，都是只能增加一兩點運勢的，就像遊戲中加屬性的光環，給人增加一丁點的數值，沒有電影、連續劇裡頭的符籙那麼厲害，一出手就能翻雲覆雨，想操控人就能操控，想讓人死就死。

「能。」

開著車的林百福，回得篤定。

「你遇過？」池丹錦好奇地轉頭看他。

她過往的生活雖然充滿鬼魂和怪物，但是真沒遇過用符咒害人的情況。

「之前公司跟網路節目合作，他們有一個常駐來賓，叫做妮妮，她就被她媽媽用符籙害了。」

「她是通告藝人，還跟妳一樣，經營YouTuber頻道……」

通告藝人是最容易進入娛樂圈的踏板，他們甚至不需要像綜藝咖那樣搞笑、想笑料，他們只需要在綜藝節目中按照當期主題，說一些自己和朋友發生過的故事，並且配合主持人起鬨、歡呼、做些效果即可。

「她媽媽非常的重男輕女，妮妮從小就要幫忙做家事，她弟弟只需要唸書、玩耍；她弟弟每天都有零用錢，想買什麼都行，妮妮跟媽媽要錢買文具會被罵……」

「妮妮的成績還不錯，但是她媽媽覺得女生念太多書沒用，高中畢業就不讓她繼續唸了。」

「妮妮出社會工作以後，賺的錢都需要交回家裡，她媽媽管她管得很嚴，沒工作的時間只能待在家裡，不能跟朋友出去玩。」

「她媽媽擔心她認識的人多了，心就野了，不顧家了。」

「妮妮後來有反抗過幾次，被她媽媽打得很慘，手還被打斷過。」

「她媽媽為了控制她，還去跟某大師求符。」

「她求的符不是讓女兒聽話的，而是讓女兒生病、出事的。」

「那段時間，妮妮會莫名其妙全身發癢，把自己抓得皮破血流，晚上完全不能睡覺。」

「有一次還像是發瘋一樣，直接衝向大馬路，還好那時候她身邊有朋友陪著，看見情況不對連忙拉住了她，不然她就被車撞死了。」

「妮妮以為她精神狀態出問題，跑去看精神科，吃了不少藥，結果她媽媽聽說這件事，沒有安慰她，反而很得意的告訴她，那些是她做的，是妮妮不聽話的懲罰。」

林百福用陳述的語調敘述他見過的案例，語氣平靜，沒有加油添醋，明明是一則令人驚心動魄的故事，在他的講述中卻顯得有些乾巴巴的。

「她媽媽還說，妮妮要是以後還不聽話，就要繼續下符懲罰她。」

林百福說到這裡就停下了，沒有繼續說。

「後來呢？」池丹錦好奇著後續情況。

「妮妮透過朋友求救，找異管局解決了這件事，自己也搬離家裡，擺脫母親的掌控。」

「就這樣？」池丹錦大感意外，「她可是差點死了！她媽媽跟那個大師都沒受到懲罰嗎？」

「法律沒有針對這方面的法規。」

法律的懲處是基於證據的基礎上進行的，符籙這種玄學的東西，以現代的科技是沒辦法找出證據的。

「……」池丹錦無言以對。

確實，宗教方面的事情，法律真的很難界定。

消費者買到假藥、瑕疵商品還能夠舉出實證去警察局報警，可是跟某大師買符籙、買開光加持物，你能因為它沒有效果而提出控告嗎？

不可能的，頂多以詐騙處理。

但是在沒有證據的情況下，交易買賣是消費者自願的，對方頂多退錢給你，想要讓對方吃上官司還真是有些難度！

聽完了妮妮的故事，了解事件的前因後果，池丹錦滿足了。

她自然地將注意力轉移到廣播正在播放的歌曲上，沒有繼續往下提問。

池丹錦跟鬼怪鬥智鬥勇的二十幾年中，她學會的第一件事就是「不要好奇」。

看到鬼怪群聚，不要好奇，立刻繞路走！

看到鬼怪行動異常，不要好奇，裝作沒看見！

看到有人被鬼怪附身，不要好奇，免得惹禍上身！

要是好奇心過度旺盛，隨便插手、干預鬼怪之事，遭殃的不只是她自己，還有可能殃及身邊的人。

遭遇幾次危機後，池丹錦學會「收斂好奇心」、「低調生活」，在光怪陸離的環境中安安穩穩的長大。

池丹錦沉默了，林百福卻是用眼角餘光掃了她一眼又一眼。

他還在等她繼續往下提問，卻始終等不到池丹錦開口。

一般人聽到「異管局」這個陌生詞彙，大多會隨口問一句「異管局是什麼？」

然後林百福就可以順勢解釋：「異管局的全名是『異常管理局』，是一個專門處理異常事物的機構。」

了解異管局的作用後，對方應該還會繼續提問：「真的有這種機構存在嗎？你怎麼知道異管局的？」

這時，林百福就可以回答她：「異管局在數百年前就存在了。神巡攝影是異管局旗下的分部之一。」

他還可以向池丹錦介紹神巡攝影的工作範圍，為她做一個新手引導的工作。

然而……

池丹錦什、麼、都、沒、問！

她就像是沒有聽到「異管局」這個特殊詞彙一樣，非常淡定而且平靜地結束了對話。

她怎麼不按照常理出牌呢？

這合理嗎？

林百福在心底嘀咕幾句，最後還是自我開解了。

這樣也好，至少她不會嘰嘰喳喳的問一堆東西，煩人！

反正他現在是池丹錦的「指引前輩」，不出意外的話，在池丹錦簽約的這一年中，他們都會組隊行動，相處的時間還很長，以後肯定會有機會讓她了解「巡界人」的工作的。

04

經過將近兩個小時的車程，他們終於抵達目的地。

眼前是一處半廢棄的老社區，斑駁的水泥牆面、長著青苔的紅磚牆、布滿鏽跡的鐵皮、招牌、窗框、欄杆，結著蛛網的牆角……

換成其他人跑來這個地方，肯定會覺得公司的任務有問題，畢竟這裡看起來就是一個沒有經濟價值的廢墟，派公司職員來這邊勘查做什麼？

可是池丹錦是一名攝影師，身為攝影師，自然擁有一雙「能夠看見美的眼睛」，更何況，「廢墟風」向來在攝影圈和網美圈占有一席之地，喜愛這個風格的人可不少。

在池丹錦看來，這裡的建築群有著舊時代的風格，帶著時光沉澱的復古感，加上遠方的青山、遼闊的天幕，冒出乾裂地表、頑強生長的野花野草，隨便搭配一下，就能拍出氣質獨特的高質感照片，是一個很不錯的拍照景點。

池丹錦隨手拿出數位相機，對著幾個她覺得不錯的位置拍攝，而林百福則是從他那有多個口袋、造型帥氣的工作腰包中取出一個小盒子。

盒子裡頭裝著各色粉筆——是的，就是老師上課，在黑板上書寫的那種粉筆——他拿著粉筆在牆面、柱子和水泥地上又是畫圈又是畫三角形，還在旁邊寫上當天的日期。

「你在做什麼？」池丹錦好奇地詢問。

「做記號。」

「來，拍一下。」

林百福指了指她手上的相機，又指指他畫圈的位置。

池丹錦順著他的話，對著記號的位置拍了近景、中景和全景。

一邊拍照、她一邊問道：「勘查任務都要這麼做嗎？」

「對，這樣公司才能確定我們有來這邊進行勘查。」

沒有照片、沒有證據，誰知道你是真的到現場勘查了，還是在家裡睡覺？

「好。」

池丹錦點頭表示理解，並將這件事情暗暗記下。

「做這些記號，有固定的位置嗎？還是我覺得哪邊的場景拍起來好看，我就在那裡做記號？」

「……」

林百福沉默了，他實在不曉得該怎麼跟她解釋，他之所以在這邊做記號，是因為這個位置的「界壁」薄弱，很容易被破壞，所以他在這邊畫了一個重點觀察記號？

他很想要直白的跟她說：「巡界人」的職責就是巡視陰陽兩界的界壁，確保界壁沒有破洞、沒有被破壞、沒有鬼物從陰界偷渡過來，也沒有陽世間人不小心掉到靈界或陰界去。

但是在池丹錦沒有「正式入職」異管局之前，按照規矩，他是不能透露巡界人的工作的。

——這是為了預防有人知道這裡是界壁後，跑來搞破壞，造成陰陽兩界動盪。

除非池丹錦先察覺到不對，主動詢問他，他才能順勢說明。

林百福很想用「妳以後就會知道了」來搪塞，只是猶豫再三，他還是對池丹錦點頭。

「有幾個固定的位置，但是妳要是覺得有哪個位置不錯，很想拍的，或者是感覺不好，覺得特別陰森的地方，都可以拍下來，回饋給公司。」

一般像池丹錦這樣的「靈媒」，對於靈能量的感應相當敏感，他們覺得好的位置通常都是靈能量豐沛、對健康、運勢有幫助或是對修煉有助益的地方；要是「感覺不好」，常常都是「惡蟲」或是「蟲胎」滋生的地點，這些都是巡界人巡邏時需要關注的重點。

「感覺好？」

聽到這麼唯心的話，池丹錦先是一愣，而後很快就理解了。攝影也是藝術職業的一種，而藝術是相當唯心的存在，同樣的場景讓不同的攝影師拍攝，拍出的效果和風格都不一樣。

神巡攝影應該是有固定的拍攝地點，但是公司也不想限制攝影師的拍攝，所以林百福才會說，「有固定的標記地點」，但也讓她自己找喜歡的拍攝位置，向公司進行提案。

既然知道這裡有公司固定的拍攝位置，池丹錦的鏡頭便跟著林百福移動，他走到哪裡她就拍到哪裡。

拍著拍著，她在鏡頭裡看見了紅磚牆的角落處有絢麗的光影閃動。

她以為是陽光照射或是某種反光造成的錯覺，拿下相機一看，發現那還真不是錯覺！

光芒的位置位於半截紅磚牆的後方，紅磚牆再過去的位置是一個比泳池還大的大土坑，周圍亂石遍地、雜草叢生，最高的雜草都有半人高。

要不是池丹錦為了拍照朝紅磚牆這邊走了幾步，也不會發現那道彩光。

那是什麼東西？

池丹錦心中遲疑，順手朝彩光的位置拍了幾張照片。

雖然對那光芒感到好奇，但是基於謹慎的心態，她只是站在原地拍照，並沒有靠近。

「妳在拍什麼？」

發現池丹錦對著一片殘破的牆面拍照，林百福好奇的走了過來。

池丹錦被他的聲音嚇了一跳，拍攝的動作也停了下來。

「沒、沒什麼。」

明知道林百福看不見這些東西，池丹錦還是顯得有些心虛。

「我覺得這邊的景色還、還不錯……」

池丹錦說著違心話，努力敷衍著林百福。

「看起來挺普通的。」

林百福環顧一圈，也覺得眼前的畫面有什麼好拍的。

不過他也不是攝影師，不懂他們的審美，所以也只是嘴上嘀咕一句。

「呃、你不覺得這裡很有頹廢感嗎？」池丹錦尷尬地解釋。

「是挺荒廢的。」林百福點頭認同。

「……你都忙完了嗎？」池丹錦乾脆轉移話題，「我們這樣算是完成探勘任務了嗎？還有沒有需要做的事情？」

池丹錦拿出手機，準備再看一次任務單進行確認。

「完成了。」林百福回道：「把該巡視的地方看過一圈、做上記號，任務就算完成了。」

「那我們……」

「咦？那是什麼？」

林百福像是看見了什麼，逕自朝池丹錦剛才發現的光芒處走去。

「……」池丹錦張了張嘴，突然有些懷疑自己的判斷。

難道那光芒是普通人也能看到的？

林百福來到光源處，彎腰在草叢裡翻找一番，而後突然罵了一聲。

「操！」

「啊？」池丹錦不理解他為什麼突然咒罵。

「我是說『草』，這裡很多草。」林百福改口更正。

「……」池丹錦眨眨眼，覺得對方是在敷衍她。

林百福也沒有理會池丹錦的反應，他從腰包中取出一個小噴霧瓶，對著草叢的某處噴了幾下，又拿出一卷印有花紋、看起來很像寬版紙膠帶的東西，往草叢中虛虛地黏貼兩道，而後光源就不見了。

「你在做什麼？」

池丹錦看不懂他做這些動作的意義。

換成平常，她不會追問其他人的行為，哪怕有人在她面前跳脫衣舞，她也能面不改色的無視。

可是現在他們是在「工作」，或許林百福做的事情是公司規定的？以後她也要做？

基於這樣的想法，池丹錦這才多嘴問了一句。

「……」林百福苦惱的撓撓頭。

這要他怎麼說？

他做這些是因為他發現界壁破了一個小洞，他剛才是在進行緊急補救措施，等一下還要通知專門修補界壁的工程隊過來填補。

他很想直接告訴她這一切，可是所有跟界壁相關的事情，都不能跟一個非正式職員說啊！

嘖！異管局制定規矩的人在想什麼啊？既要他們這些「引路人」向新人透露情報，讓新人大概知道「這個世界其實還有另一面」，卻又禁止他們讓新人知道巡界人真正的工作內容，那是要他們怎麼說啊？

「我、我在做記號。」

林百福絞盡腦汁，好不容易才想出一個敷衍的藉口。

「妳不是說這個點不錯，想要在這裡拍嗎？我做個記號，這樣以後才能找到這裡。」

「我懂了，所以以後我也要這樣做記號？」

池丹錦探頭觀察林百福做的記號，想要將它的模式記下。

在一般人的視野中，林百福將膠帶以「╳」字形黏貼在雜草上，但是轉換成另一個視角時，池丹錦發現林百福將膠帶黏在一個不規則狀的發光洞口上。

這是湊巧還是……

再進一步觀察，池丹錦發現膠帶上的「花紋」隱隱有紅光閃動，就像是她曾經見過的開光符籙。

先前將膠帶黏在雜草上、順便擋住光洞還能說是湊巧，現在這帶有開光特效的膠帶花紋，已經不能說是巧合了吧？

難道林百福跟她一樣，有特殊體質？

池丹錦的心跳亂了一分，有一種找到同類人的激動和忐忑。

來。

她沒有立刻「認親」，而是將興奮的情緒壓下，在回家的路上默默將心情平復下來。

還是再觀察看看吧！

她以前也不是沒有遇過有特殊體質的人，但是那些人也只是能感應到靈魂和負面氣場，卻看不見怪物，跟她的情況還是有些不同的。

池丹錦也不是非要找到一個跟自己一模一樣的同伴，她只是希望，在她講述跟鬼怪相關的事情時，能夠獲得對方的認同和理解，而不是用審視、質疑、嘲笑的態度對待。

第三章　異常管理局

01

池丹錦對林百福的觀察行動並不算隱密，雖然她自認自己拿出了拍攝野外小動物的專注力，只是在任務的空檔偷偷地瞄一下、瞄一下、再瞄一下，但是在五感敏銳的林百福看來，池丹錦的視線就跟拿著強光手電筒照他一樣，非常顯眼。

林百福很想問她：「我身上有什麼不對勁嗎？為什麼妳一直盯著我？」

可是每每他跟池丹錦對上視線時，對方就立刻以一種「我沒看你、我什麼都沒做」的表情回應，把「欲蓋彌彰」四個字表現的淋漓盡致。

按照林百福直來直往的個性，他肯定會直接詢問池丹錦的意圖，只是想到父母經常叮囑他，要他對池丹錦這個新同事好一點，溫和一點、親切一點、友善一點……

木桃也三番兩次警告他：人才難得，不要把新同事給嚇跑了，不然就把新同事的工作量都丟給他！

為了不讓工作量翻倍，林百福決定默默忍受對方的觀察，不去追問。

反正林百福也能猜出池丹錦的目的，不就是想要知道他身上的「異常」嗎？

雖然不能透露界壁的事情，但是他進行巡視時，可沒有遮遮掩掩，使用的「工具」都是大大方方的展示，雖然那些工具都被做成正常模樣，像是普通人使用的物品，但是只要池丹錦的「眼力」如同調查中的厲害，她肯定是能夠看出來的。

真以為神巡攝影只是為了那些照片就招攬她？

照片只是一個原因，更多的是她那與眾不同的「天賦」！

異管局研究多年，開發出各種現代版的法寶法器，卻也沒能像她那樣，單純用手機、相機就能捕捉到鬼怪。

而池丹錦一個沒有接受過傳承、沒有相關知識經驗的人，光靠自己摸索就能找出對付惡蟲和蟲胎的辦法，著實相當難得。

也不曉得池丹錦是什麼運氣？

以往林百福出巡邏任務，十幾次才會遇見一次意外事件，可是跟池丹錦搭檔後，卻是兩、三次就遇見一次！

之前是界壁出現破洞，而這一次卻是遇見「惡蟲」，他跟池丹錦的組合就跟「意外」這麼有緣嗎？

惡蟲不是妖怪、不是鬼物、不是精魅、不是靈，而是惡念、邪氣、陰氣、煞氣和各種負面情緒的聚合體。

異管局將這類存在定義為「詭譎」。

在辭典上，詭譎的意思有兩種：一是變化無窮的樣子，二是奇特、怪誕。

凡是無法判定來歷，符合這兩種意思的存在，都被異管局定義為詭譎。

惡蟲的形體多變，最常見的是蟲類外觀，但也有動物、人類和各種奇形異狀的。

眼前林百福遇見的惡蟲，便是如同蚯蚓一般的長蟲形狀。

看著在陰影處蠕動攀爬、形體有手臂長的蟲子，林百福默默地從背包裡取出一罐外型很像殺蟲劑的噴霧罐。

「嘶、嘶嘶、嘶嘶嘶……」

林百福將細長的噴霧管對準了惡蟲，噴灑幾下，惡蟲沾染了噴出的水霧，龐大的身軀顫抖幾下，而後便煙消雲散了。

「你……」目睹這一切的池丹錦，神情複雜地看著林百福，「你用什麼噴它？」

「殺蟲劑。」林百福向她展示手上的瓶子。

白色的瓶身上只有簡單的「殺蟲劑」三個字，沒有成分標示、廠商、出產地和警告標語，看上去很像是沒有品質擔保的假冒產品。

雖然如此，池丹錦也知道，那「殺蟲劑」不簡單。

剛才林百福噴灑殺蟲劑時，她聞到了艾草和檀香的氣味，一般殺蟲劑的成分可沒有這種東西。

不過池丹錦也不多問，現下她還有更為好奇的存在。

「那蟲子是什麼東西？」

那蟲子就跟鬼魂一樣，從小到大一直糾纏著池丹錦，現在能遇見一個看得見蟲子、也熟悉蟲子的人，她迫不及待地想要知道蟲子的來歷。

「那東西叫做惡蟲。」

「惡蟲？它……是怎麼產生的？」

「陰氣、邪氣、惡念和各種負面情緒，都會滋生惡蟲。」

看出池丹錦對惡蟲感興趣，林百福也不隱瞞，繼續為她講解下去。

「惡蟲是詭譎中最低等級的存在，它的形體是虛體，但是等到它吸了夠多的養分，就會成為半實半虛的存在。」

「像影子一樣的虛體惡蟲沒什麼攻擊性，太陽曬一曬、火燒一燒就會消失。」

「變成實體的惡蟲對人類會有危害，它們會附身在人類或動物身上，慢慢地腐蝕生物的靈魂，讓人心變得暴躁、易怒、激進，還會容易生病……」

而且惡蟲就像白蟻一樣，會啃蝕、破壞界壁，對界壁的危害很大，是他們巡界人首要的注意目標。

「惡蟲會進化，進化以後會變成『蟲胎』。蟲胎會形成一個領域，吸收領域內的生機，居住在蟲胎領域內的人會生機消散，迅速死去。」

等到蟲胎成熟後，它會形成一個連通陰陽的領域，破壞陰陽兩界的界壁，導致陰陽失衡。

陰陽一失衡，各種天災人禍就出現了。

了解惡蟲來歷後，池丹錦這才解了心中一直以來的疑惑。

「那殺蟲劑是在哪裡買的？我也能買嗎？」

雖然她現在的住處和公司都很「乾淨」，但她總是會有外出的時候，屆時要是遇上惡蟲，她就能用殺蟲劑殺蟲，不需要再用手機拍拍拍，浪費空間！

「公司的網站上有販賣殺蟲劑，妳可以上網站看看。」林百福回道。

其實這殺蟲劑是異管局發放的，每名異管局職員都有，只是池丹錦還不是異管局的正式職員，她只是神巡攝影聘僱的職員，這兩者的權限是有差距的，所以她沒能領到來自異管局的殺蟲劑和相關補給。

神巡攝影是異管局的分部之一，各分部在各自的領域獨立發展，只有在大案件或是跨領域案件上才會聯合行動。

每一個分部都有自行招人的權限，分部所招聘的職員，需要經過一段時間的考核和觀察，確定對方適合異管局，這才會往異管局提交申請，讓職員獲得異管局的身分。

要是考核後覺得職員不適合、實力不夠強大或是其他種種因素，導致職員無法加入異管局，該職員依舊可以繼續待在分部，享有分部的薪資福利，只是不能領到來自異管局的補助和資源罷了。

對林百福來說，多一個異管局的頭銜，不過就是多領一份薪水和補助，多一份兼職工作，沒什麼大不了的。

他的物質欲望不強，喜歡簡單、悠閒的生活方式，要不是異管局的人一直勸說他，又考慮到家中父母的需要，他真不會加入異管局。

異管局對他來說，就是一個為父母採購營養品、消災解厄的地方。

——不得不說，異管局的醫學院不愧是聚集了一堆大佬的地方，研究出的各種營養品效果都很不錯，比市面上賣的那些要好很多。

但是在其他人眼中，加入異管局是一件相當榮耀的事，類似於從小公司進入國際大企業、從偏遠鄉村進入國家首都、買彩券中了上億元的頭獎一樣，是能夠讓人說出來炫耀和誇耀的事。

池丹錦不管那些，她只在乎自己能不能買到殺蟲劑，更深入的消息她完全不想打探。

02

「妳到底是什麼體質啊？怎麼跟妳出任務都會遇見這些東西？」躲在水泥牆後方的林百福，神情糾結地看著身旁的池丹錦。

這陣子，他跟池丹錦已經出了七次任務，碰到五次意外狀況，這機率實在是高的有些離譜了！

這一次還遇見了已經形成特殊領域、開啟靈智、擁有「倀鬼」的蠱胎！

具有靈智的蠱胎不算稀罕，十個裡頭有五、六個會有靈智。

重點是，它的智慧有多高？

一般而言，蠱胎的智商就跟動物差不多，差不多是三歲到七、八歲孩童的智商。

但是眼前這個，已經能學會抓捕靈魂供它驅使，而不是直接將靈魂當成食物吃掉的蠱胎，智商和危險程度怕是要再上調！

「妳要不要去廟裡拜一下？」林百福誠心誠意的建議。

「這跟我有什麼關係？」池丹錦不服氣地低聲反駁，「這是公司發配的任務地點，有問題也是公司吧！」

她還想問問公司是不是有什麼陰謀詭計？不然怎麼給她的任務地點都會讓她遇見怪物？

對此，林百福只回了一聲冷笑。

「呵。」

「呵什麼呵啊！」池丹錦生氣了。

他們一進來這棟房子就被怪物困住，還被一大堆惡鬼追逐，已經讓她相當害怕了，身邊的夥伴又這麼陰陽怪氣的，真是讓她很不爽！

「自己運氣差就不要怪東怪西。」林百福一邊從背包裡翻找東西，一邊回道：「我巡邏了五年，遇見過的蠱胎不到五十個，有倀鬼的蠱胎更是連五個都不到！」

而池丹錦呢？

才執行七次任務就遇見一個有手下的蠱胎！這運氣真是驚天地、泣鬼神，今年的籤王肯定是她！

「這些戴上。」

林百福從背包中拿出一堆東西遞給池丹錦。

「這是……」

池丹錦看著被塞到手上的東西，有佛珠項鍊、五彩繩、用符紙折成的手環、半臂長的小桃木劍、五帝錢，以及……

「玩具水槍？」

前面的東西她能理解，可是給她一把裝了水的玩具水槍是什麼意思？給她水槍還不如給她殺蟲劑！

「裡面的水是符水，可以殺鬼。」林百福解釋道。

「怎麼不用大一點的水槍裝？而且這水槍的造型也太……」

池丹錦糾結地看著手上的玩具水槍。

這玩具水槍的造型相當復古，材質是半透明的塑膠材質，體積也不大，估計射個五、六次就沒水了。

一想到在對峙怪物的緊張時刻，他們卻是拿出塑膠玩具水槍不斷朝怪物射水……

噴，畫面太感人，她不忍看！

「有大的水槍，但是我的背包裝不下，就拿了小的。」林百福回道。

至於水槍的造型……林百福其實也很嫌棄。

他三歲就不玩這種水槍了！

「很多人都跟上頭建議過，讓他們換換水槍的造型。」林百福聳肩說道：「可是上面的人覺得水槍實用就好，那些造型好看的水槍太引人注目，會引起不必要的麻煩。」

「……」

雖然聽起來很有道理，可是總覺得還是有些怪怪的。

裝備齊全後，林百福領著池丹錦開始找尋蟲胎的位置，至於那些跟著他們，不斷騷擾他們的惡鬼，林百福沒有主動找尋，只在它們靠近的時候用水槍消滅。

「倀鬼受到蟲胎驅使，消滅蟲胎它們也會跟著消失，蟲胎沒死，不管我們滅了多少倀鬼，它都會不斷滋生。」

林百福一邊領著池丹錦在建築物裡頭奔跑，一邊揮舞著拳頭揍開追上來的倀鬼。被他揍趴下的倀鬼，嘴裡發出吃痛的哀號，身形也很明顯地縮小了一截。

「倀鬼是什麼？」

池丹錦緊跟著林百福的腳步往前跑，看見路上出現惡蟲攔路時，她舉起相機連拍了幾張照片，將惡蟲封鎖在相片裡頭。

水槍有使用次數限制，還不如用相機狂拍來的乾脆。

「聽說過『為虎作倀』嗎？古代的倀鬼是被老虎吃掉的人的靈魂，被老虎吃掉，靈魂也受到老虎的控制，聽從老虎的命令引誘更多的活人過來。」

「這是舊時對倀鬼的定義。」

「現在只要是被詭譎控制、被役使的鬼魂，我們都會統稱為倀鬼。」

「養小鬼那種也算嗎？」

「唔……雖然我覺得沒什麼差別，不過分類的人認為不算，他們說那是『養小鬼』，是另一種類別。」

很顯然地，林百福也不清楚這其中的分類。

「反正不管是哪一種，大多數都是要殺的。」他很乾脆地下了定論。

兩人一路跑，從客廳跑到房間、從樓下跑到樓上、從屋裡跑到屋外，池丹錦累得氣喘吁吁，卻還是沒能找到蠱胎。

「操！這東西還真會藏！」

林百福抬腳踢飛一隻朝他們撲來的倀鬼，不滿地罵道。

「妳能找到它在哪裡嗎？」林百福詢問著池丹錦。

「啥？我？」

池丹錦瞪大眼睛，完全沒想到林百福會問她這個問題。

「我不擅長找蠱胎，我比較擅長打架。」林百福撓撓頭，很是無奈說道：「妳有沒有感覺到哪裡的能量場特別強、讓妳特別不舒服的地方？」

「不擅長你要說啊！我還以為你知道蠱胎在哪裡，一直跟著你跑！」

剛才跟著林百福跑來跑去的時候，池丹錦察覺到一處讓她感覺很不舒服、能量場很強大的存在，要不是林百福拉著她跑得乾脆，她肯定會提議去那裡看看。

「後面那個水池有問題。」

「水池？剛才經過的時候我怎麼沒發現？」

嘴上嘀咕著，林百福還是聽從池丹錦的話，快步繞道屋後的水池去。

水池原本是屋主用來養觀賞魚的，多年沒有打理，現在水池周圍長滿雜草，水也乾了大半，裡頭的觀賞魚早就已經不見蹤影。

林百福站在水池邊張望，沒瞧見東西，只有越來越多的倀鬼往這裡聚集。

「在哪裡？」他詢問著池丹錦。

「那裡啊！就在你右手邊前面，你沒看見？」

池丹錦很訝異，因為那個蠱胎在她眼中相當明顯，兩米高的紅色巨繭，繭子上有好幾張臉孔，有男有女、有老有少，個個齜牙咧嘴、面容猙獰。

紅色巨繭的周圍黑霧繚繞，那些黑霧形成無數條觸手，張牙舞爪的揮舞，非常有靈異恐怖片的氛圍。

「它具有隱藏能力，我看不見，妳指個位置給我。」

身經百戰的林百福，一下子就猜出蠱胎的能力。

池丹錦乾脆拿出相機，朝著蠱胎「喀嚓喀嚓」地拍了好幾張照片。

被拍攝的同時，蠱胎像是遭受到攻擊一樣，發出尖銳的怒吼聲，巨繭像心臟一樣地跳動，周圍的黑霧也開始活動起來。

黑霧滋生出一隻又一隻的倀鬼，朝著兩人進行攻擊。

「它在這裡！你快看！」

趁著倀鬼還沒近身，池丹錦迅速將相機遞到林百福面前，讓他透過剛才拍攝到的畫面確定蠱胎位置。

林百福看了一眼，迅速記下蠱胎的位置。

「我去對付蠱胎，妳自己小心。」

「好。」

池丹錦身上掛滿了林百福給她的開光防禦物，那些倀鬼一時半刻近不了身，又有水槍和相機作為武器，對付這些倀鬼綽綽有餘。

林百福沒有動用武器，他赤手空拳地對上蠱胎，無視朝著他纏繞過來的黑霧，一拳一拳地揍著蠱胎。

蠱胎每被他揍一拳，體積就縮小一點。

在一點一滴的縮小當中，蠱胎也想要反擊，巨繭長出了嘴巴和獠牙利齒，想要啃咬林百福。

林百福直接抓住嘴巴，左右一撕，就將大嘴撕裂，巨繭也跟著裂開一半，露出裡頭還未成形的胎體。

蠱胎並不是進化終點，終體型態是從蠱胎中孵化出的魔物。

要是讓這樣的魔物出世，天下就會引發浩劫，類似古代傳說中，那些一現世就會引起旱象、水災、天火的大妖怪。

看著已經半成形的胎體，林百福很慶幸，他們提早遇見了蠱胎。

從這胎體的外觀看來，大概再過幾個月就能完全孵化，屆時要對付它可就更麻煩了。

只是就算蠱胎沒有完全孵化，這種半成體也不是林百福一個人能應付的。

幸好他在進入蠱胎領域，發現不對勁時就立刻發出求救信號，算算時間，救援隊應該也要過來了。

林百福跟蠱胎纏鬥不久，救援的人就出現了。

「碰碰碰碰……」

幾聲響亮的槍響傳出，蠱胎被打出了幾個洞口，又很快自動癒合。

「嘩……」

漫天的符咒在空中飛舞，一張張黏貼到蠱胎上頭。

「嘎、嘎嘎嘎……」

蠱胎發出憤怒的嚎叫，黑霧擰成繩索，想要撕下符籙，符籙燃起了火焰，與黑霧一同燒毀。

「嘎、嘎嘎嘎……」

蠱胎再度發出刺耳尖叫，周圍的幾隻倀鬼被黑霧捲起，送進紅色巨繭中，讓蠱胎補充受傷消耗的能量。

「喲！還會回血啊？會回血的boss最煩了！」

染著一頭金髮的青年笑嘻嘻地吐槽，手上接連不斷地朝著蠱胎開槍射擊。

金髮青年拿著的「槍」，體積比林百福之前拿的塑膠水槍還要大，樣式也更加精緻，就像玩生存遊戲的玩家會使用的仿真模擬槍。

另一位前來救援的中年人也是用槍，而先前貼在蠱胎上的符籙是站在中年人身後的長髮女生灑的，對方的衣著打扮跟時下的年輕人沒什麼兩樣，手裡拿著一支派對灑鈔票的噴錢槍，符籙從槍口噴灑而出，沒有唸咒或是擺出什麼手令或預備動作。

這讓池丹錦有些失望。

她還以為可以看見如同驅魔電影那樣，修為高深的道長用各種法器大戰蠱胎的場景呢！

沒想到卻是看了一齣「生存遊戲之大戰蠱胎（劇組沒錢簡陋版）」的畫面。

不是說眼前的戰鬥不夠精彩，只是槍戰跟玄幻式戰鬥的畫面還是有差距的。

池丹錦覺得自己有點好笑，明明是危及性命的緊張時刻，要是他們打輸了，所有人、包括她自己的小命就要栽在這裡，她卻想著這些亂七八糟的事情，竟然還嫌棄戰鬥畫面不好看！

是因為有了「同伴」、有底氣的原因嗎？

救援的人有意無意地將池丹錦攔在後方的安全位置，池丹錦便抓緊機會，舉起相機，對著整個戰鬥畫面和蠱胎接連拍了一堆照片。

相機每一次的快門聲響起，蠱胎就有一部分力量被削弱、封印到相片中。

池丹錦的相機封印術會自動區分敵我，它只針對詭譎和惡靈起作用，同樣被拍進畫面的林百福等人，相機封印術的削弱效果對他們是無效的。

03

戰鬥結束後，中年人笑著朝林百福走來，另外兩名年輕人則是負責清理戰後現場。

「福爺，好久不見啊……」

高瘦白淨、穿著一身唐裝的中年人朝林百福拱手打招呼，尾音帶著一股戲曲的腔調。

「柳爺，謝謝你趕來。」

林百福從背包中取出幾張有造型的摺紙遞給柳爺。

池丹錦探頭看了一下，發現那是用黃色符紙折成的馬匹。

「謝了！還是你摺的『甲馬』好用，其他人的我都騎不慣。」

柳爺笑嘻嘻地將甲馬收起，旁邊兩名年輕人有點眼饞地看著，他們也很想要林百福摺的甲馬。

甲馬相當於古代士兵的座騎，「甲」字指的是戰甲，也就是披著戰甲的馬匹。

異管局也會發放「甲馬」給他們，但是異管局發的那些都是一次性的消耗品，而林百福是用上好的手工符紙摺的，他摺紙的時候還會融入靈力，只要摺紙沒有損壞，就可以使用很久。

更重要的是，林百福摺的甲馬自帶一股震懾力，一出現就能嚇退不少魑魅魍魎，不需要他們辛辛苦苦的打架。

就算捨不得用，也能拿去販賣，林百福製作的東西在靈界的市集相當受歡迎，販賣的價格是同類產品的好幾倍！

只是他們跟林百福不熟，過往經常聽到他的赫赫威名，但是算上今天，他們也才跟林百福見了兩次面，實在不好意思開口，也沒那個膽子。

第一次見面時，他們只是站在遠處看林百福暴揍一隻鬼王，把那隻鬼王揍的嗷嗷叫，哭爹喊娘。

每打一拳，鬼王渾身的鬼氣和煞氣就會散去一些，身形也跟著越縮越小，最後變成拳頭大小。

就算是這樣了，林百福還沒有放過那隻鬼王，甚至還想將它「一口吞」！

幸好柳爺跟林百福有些交情，跟他說這隻鬼王或許研究所會想要研究，要是交回研究所，他還能拿到更多獎勵，可以給他的父母買更多好東西，這才讓林百福願意放手。

要不然，那隻鬼王早就被林百福當零嘴吃了！

基於這一點，許多人都不敢招惹盛怒中的林百福。

不過林百福這個人相當重情重義，跟他混熟了以後，就能從他那裡拿到許多好東西，所以兩名年輕人打算先跟林百福交朋友，之後就能向他買幾隻甲馬了。

至於讓林百福免費贈送……

呵呵，林百福的性格出了名的「直」。曾經有位主管想要業績，打著「大義」的名號，「道德」綁架他，說林百福有這本事，就應該為國為民、為異管局的同伴著想，將他製作出的好東西半賣半送，甚至每個月、每年都要供應到某個數量！

結果林百福直接給他罵了回去，還說要是加入異管局就要被這樣「剝削」，那他寧可退出！

說著，他就把異管局的證件扔回給那名主管，從此以後不再管異管局的事。

那主管被削了面子，生氣的跟上級告狀，還加油添醋的說了一堆林百福的壞話，儼然想要將他打入十八層地獄一般。

可林百福是誰啊？他前世可是「仁聖大帝（東嶽大帝）」麾下的大將軍！

他可是功德圓滿後，捨棄了成神的機會，轉世投胎成為凡人的。

像這樣功德加身的人，怎麼可能為惡？

再者，林百福跟那位主管爭吵的時候，還有監控和其他人在，事情真相如何，一查就清楚了。

調查過後，那位主管直接被辭退，又因為他搬弄口舌是非，被壓入地獄受拔舌之刑，據說沒有一百年是不會放出來的。

而林百福的「前世友人」聽說了這件事後，紛紛來到異管局找老局長「聊天」，順帶揪出好幾隻大害蟲。

一時之間，異管局的許多腐敗成員被肅清，人人風聲鶴唳。

等到一切平息後，老局長親自邀請林百福重返異管局，並且自己當眾做了檢討，說自己老了，沒有年輕時的銳氣，才會導致異管局出現一堆烏煙瘴氣的事。

他認為，異管局還是要由年輕人來管理，整體風氣才會朝氣蓬勃。

於是他將局長之位交給他的徒弟，自己高高興興退休釣魚去了。

而林百福跟異管局也從原本的上下屬關係，變成「合作」關係，地位上升不少。

有些異管局成員認為，老局長是被林百福逼走的，但也有人認為，整起事件就是老局長布的局，他利用林百福的人脈整頓局裡的害蟲，還異管局一個朗朗清明。

柳爺認為是後者。

老局長可是有「精明的老狐狸」之稱，除非是他自己願意，否則沒人能從他手上占到便宜。

「這位小姑娘是你現在的搭檔？」柳爺打量了池丹錦一番，滿意地點頭，「郎才女貌，很好、很好。」

對於這番很像媒婆在湊對的話，林百福默默地翻了個白眼。

「她叫做池丹錦，神巡攝影特聘攝影師，大家都很喜歡的『日出照』就是她拍的。」林百福咬著重音提醒道。

「日出……喔喔喔喔，是她啊！哎呀你不早說！我可喜歡日出照了！那照片真的太好看、太漂亮、太有靈氣了！」

柳爺笑瞇了眼，熱情地跟池丹錦握手。

「妳好、妳好，我叫做柳陌，大家賞臉，叫我柳爺。」

簡單的介紹過後，柳爺的話鋒一轉，問起了照片的事。

「小姑娘，妳最近還有在拍照嗎？妳拍的日出照真是好！我非常喜歡，要是妳還有拍攝日出照，可以賣給我，我保證高價收購！」

「呃、我現在是神巡攝影的攝影師……」

「懂，我懂！神巡攝影我很熟啊！」柳爺笑容燦爛地接口說道：「他們一開始都是簽短約，除了工作任務之外，不干涉員工其他事情，妳私下拍的照片可以任意處置，妳要是手上有照片，就賣給我一些吧！」

「我最近沒拍……」

「沒拍也沒關係，總有時間拍嘛！我可以推薦妳幾個不錯的拍照景點，那裡的日出可美、可好看了！」

「我……」

「重點是！我那幾處景點沒什麼人去，不需要人擠人，跟其他人搶拍攝位置！」

「……好，謝謝。」

池丹錦雖然不適應對方的熱情，但是對於對方說的拍照景點還是很感興趣的。她以前去的幾處都是知名的拍照景點，人潮眾多，每次都要早早占位，還要跟其他攝影師搶位置，遇到蠻橫不講理的人時，對方還會直接搶她已經占好的位置，硬生生把她擠開，可把她給氣得半死。

「好好好，我們加個好友，我就把拍照地點傳給妳，妳要是不知道地方，可以問福爺。」

「好。」

兩人互加社交軟體的好友後，一旁負責善後的人收拾妥當了。

他們將蠱胎的殘餘裝進密封罐裡，準備帶回去交給異管局的研究所進行研究。

「之前的巡界人在搞什麼？蠱胎長這麼大都沒發現？有人要被罰囉！」

金髮青年連連搖頭，隨手將封印罐放入帶來的箱子裡。

蠱胎所在的這個區域雖然不是重點巡邏區，但是每隔三個月也會來這裡查看一回，而蠱胎要長成現在這種半成體，少說也要五、六年的時間，這段期間竟然都沒有巡界人發現蠱胎的存在，實在是太過異常了。

「蠱胎會隱匿，我剛才被困住的時候，也沒有查探到它的位置。」林百福為同為巡界人的同事說話。

「應該是蠱胎的問題。」柳爺贊同林百福的觀點，「如果是固定的巡邏地點，固定的巡界人監察，那還有偷懶的可能。可是這邊的巡界任務都是隨機發放的，不可能每一組巡界人都在偷懶吧？」

具有隱匿效果的蠱胎雖然罕見，卻也不是沒有出現過，但是能夠隱匿到連能量都不被偵測到，那可就很有問題了。

「難說喔！」金髮青年撇嘴回道：「我就看過有人只是開著車子繞一圈，也沒下車查看，任務內容都是抄之前的。」

「等研究報告出來就知道了。」長髮女生直接終止話題，「走吧！該回去回覆任務了。」

等到蠱胎的情況被調查清楚，就可以判斷到底是蠱胎本身有特殊能力，還是之前的巡界人都在偷懶了。

如果是後者，異管局肯定會進行懲處的。

林百福在回覆這次的巡邏任務時，也將遭遇的情況上報，讓組長木桃向上級反應，並派出相關團隊前來這裡勘查。

蠱胎在孕育的同時，也會吸收周圍的能量場，造成界壁薄弱，容易出現界壁破洞，需要偵查一番並且補強界壁才行。

由於池丹錦的運氣實在是太神奇，在林百福的建議下，木桃將另一個巡邏任務調換成拍攝日出的工作，讓池丹錦去看看美麗的日出、放鬆被襲擊的情緒。

池丹錦接受了這樣的好意，她確實需要拍攝其他照片，換換心情。

04

拍攝日出的前一天晚上，池丹錦和林百福在深夜開車出門。

兩人要去的地點是柳爺推薦的日出照景點之一。

車子一路朝著海邊的方向前進，路上的街燈、車流也隨著車輛進入郊區而變得稀少，喧囂聲也逐漸沉靜下來。

夜晚的道路很安靜，車子開著開著，前方路上突然湧現大量白霧，車子一頭衝進濃霧之中，車燈映照的視野縮小不少。

池丹錦覺得這場濃霧出現的有些詭異，但是一旁駕駛的林百福卻相當淡定，好像這場霧很正常。

……是真的正常，還是像上次的蠱胎一樣，他沒有察覺到？

池丹錦抿了抿嘴，為了兩人的安全，她還是開口詢問了。

「這場霧不太對勁……」

「沒事。」林百福看了她一眼，語氣平淡地解釋：「那是結界。」

說話當中，車子也衝出了濃霧，視野再度恢復。

眼前同樣是寬敞的馬路，兩側是草叢、樹木、街燈，更遠處有零星燈火。

一切景物似乎跟之前並無不同。

只是池丹錦所感受到的可不只這樣，她總覺得，穿過那層霧氣後，空氣變得更加清新，周圍的植物似乎也更加「鮮活」，似乎蘊含著勃勃生機。

「那層白霧是結界？有什麼作用？」
「它是陽間和靈界的交界。」
「靈界？不是陰界？」
「陰界還要再更深入。」林百福解釋道：「靈界緊貼著界壁，位於陰陽兩界之間，算是兩界的緩衝區。」
「喔……」池丹錦半懂半迷糊的應了一聲，又疑惑地問：「那我們現在是在靈界了？」
「對，靈界邊緣。」
「為什麼要來靈界拍照？靈界的日出比較特別？」
「靈界人少，好拍。」
至於靈界的日出特不特別，那要等池丹錦拍了才知道。
「你怎麼突然跟我說這些？」
換成前幾天，林百福肯定會遮遮掩掩、找一些拙劣的藉口掩飾，不會像現在這樣，直白地向她說明。
難道是因為他們共同經歷過蠱胎的危機，林百福將她當成「自己人」了？
「本來應該要隱瞞的，畢竟妳不是巡界人，很多事情需要保密。」林百福語氣平淡地解釋：「但是因為蟲胎事件，妳也接觸到了一些情況、知道詭譎和界壁的存在，所以上面同意透露一些資訊給妳……」

也是因為獲得異管局和上司的許可，林百福現在說話不需要擔心洩密，不用再為了找藉口而傷透腦筋了。

「現在我是妳的引路人，引路人就是帶領妳了解異管局規矩和常識的前輩。」

「聽了秘密以後，我不會惹上什麼麻煩吧？」池丹錦面露警戒，看著林百福的眼神都變了。

秘密雖然吸引人，但要是因此惹上麻煩，那她寧可什麼都不知道！

雖然這種想法有掩耳盜鈴之嫌，但也是她多年來一個人埋頭摸索、琢磨出來的最佳方法。

好奇心害死貓可是一句至理名言！

沒看恐怖片裡頭，最先死的都是好奇心太重的人嗎？

「妳在想什麼呢？異管局又不是什麼邪惡組織！」林百福沒好氣地回道：「妳不要把我說的東西外傳就行了！」

「那就好。」池丹錦安心了，臉上也露出了笑意。

「那我要叫你什麼？前輩？老師？師父？」

「叫前輩或名字就行了，我的規矩沒那麼大。」

頓了頓，他又接著告誡道：「還有，師父這個詞別亂叫，異管局和靈界對於師徒關係還是遵循古時的規矩——『一日為師、終生為父』，徒弟敬重師父，而師父也會教養徒弟一輩子。」

怕池丹錦的理解模糊，林百福非常詳細的對她說明。

「是真正當成自家孩子看待，會為他考慮未來、前程，死了後會把人脈、家產和傳承寶物都留給對方的那種。」

「妳要是隨便喊人師父，人家會覺得妳是想要占便宜、攀關係，給人的觀感不好。」

「我懂了。」池丹錦乖乖點頭，默默將這件事情記在心底。

接下來，林百福就簡略地向她介紹巡界人和異管局的事情。

「異管局全名『異常管理局』，專門處理一些不科學、不正常的異常案件。」

「像是詭譎跟界壁？」池丹錦接口附和。

「那只是其中一部分，其他像是妖魔鬼怪、都市傳說、怨靈惡靈、邪教邪道害人……這些也都歸異管局管。」

「還真的有邪教？我還以為那些都是詐騙集團……」

池丹錦腦中靈光一閃，想起了之前聽過的廣播。

「廣播說的是真實案件？」

「大部分是真的。」

廣播主持人阿俊《討厭的親戚》的故事，後面又有兩次後續。

他那愛錢又對他下符的親戚，現在夫妻兩人的事業陷入危機，餐廳轉讓沒能成功，還遇見騙子，騙他們投資，說是可以獲得高額利潤，結果他們被騙走一百多萬。

他們寵愛的驕縱大女兒跟丈夫在進行離婚談判，大女兒知道丈夫鐵了心要離婚，便將關注全都轉移到金錢上頭，想要索取大筆的贍養費，現在正鬧得不可開交。

想起廣播主持人阿俊說過的靈異故事，以及廣播空檔中一些開光法器、風水物品的廣告，池丹錦後知後覺的發現廣播也有問題。

「你聽的廣播也是異管局的？」

「不是，廣播主持人各界都有，異管局、陰間、靈界，陽間，都有。」

「異管局的產業很多？」

「不算很多。」林百福回道：「不過各行各業都有異管局的合作夥伴。」

「靈界是什麼樣的地方？」

「靈界是亡魂、修行者以及具有特殊血脈、特殊能力的人居住的地方……」

「世上還有神明存在嗎？」

池丹錦去過幾間知名的大型廟宇，她在那裡沒有看見世人認知中的神明，只看見神像被溫暖、耀眼的光團籠罩。

「神明存在。」林百福篤定回道：「神明的力量源自於信徒的信仰，因為現代人的信仰薄弱，祂們的力量漸漸變弱，現在只能勉強庇護一方，不像古時候那樣，可以降下各種神蹟。」

別看現在各種廟宇活動辦的風風火火、有聲有色，其中有多少是為了信仰、有多少是為了名利，各自心知肚明。

「你是怎麼加入異管局的？」

「剛好有能力就加入了。」

林百福回得含糊敷衍，池丹錦也不在意，她真正想問的問題是下一個。

「我是神巡攝影的職員，也算是加入了異管局嗎？」

神巡攝影是異管局的一部分，算是分公司，四捨五入之下，她這樣也算加入異管局了？

「不算。」林百福直視前方地開著車，漫不經心地回道：「異管局的職員需要經過他們考核，不是所有分部的職員都算是異管局成員。」

「異管局的收人標準是什麼？」

「能力，品行，機緣。」

「品行……是說要經常做善事嗎？」

「不是，個人品德他們不會管的太過嚴厲，只要不違反法律就行了，但是在大是大非面前，職員要有底限，要有原則。」

簡單來說，就是要站在正義、良善的一方。

「個人的品德也很重要啊！」池丹錦不服氣地回道：「要是有人利用玄學、宗教騙財騙色呢？」

宗教詐財騙色甚至殺人的新聞相當常見，受害者不計其數。

「個人私行有虧，自然有陽間和陰間的法律來審判。」

異管局雖然有官方背景，但它的性質偏向大型企業，企業的員工違法，當然是由警察抓人、由法院進行審判，公司可不能隨便動用私刑。

「異管局要是插手罪犯的事，那就越界了。」

「要是被異管局看中，可以拒絕嗎？」池丹錦有些緊張地詢問。

「當然可以拒絕。」

林百福頗為意外地看她一眼，他還以為池丹錦問了那麼多異管局的事情，是對異管局感興趣，沒想到她是不想加入異管局？

「就像妳去公司應徵，公司看中了妳，妳沒瞧上公司，當然可以拒絕。」

合作是雙向的，異管局不會做強迫他人的事。

要是強迫他人加入，惹得對方心生不滿，暗地裡搞小動作，那才麻煩。

「說得直接一點，雖然妳的能力很特別，但是世上特殊的人多的是，不差妳一個。」

就像那句耳熟能詳的老話：就算少了你，世界還是在運轉。

得到答案，池丹錦微微鬆了口氣。

不是她自戀，覺得擁有特殊天賦的自己肯定是主角，異管局一定會熱情地招攬她，她只是習慣謹慎，習慣事事詢問清楚，習慣有個完整性的規劃。

第四章　靈界大市集

01

在池丹錦和林百福一問一答之中，他們來到了拍攝任務的目的地。

車子停妥後，兩人背著拍攝用具、拿著手電筒，踩在柔軟的半沙化土地上，一腳深、一腳淺地走向海邊。

在安靜的行走中，耳邊只聽到一陣又一陣的浪潮聲，以及鞋子踩在沙地上的聲響。

遠方的天幕是黑的，大海也是黑的。

天地間像是被黑幕籠罩，只餘下手電筒的光源和滿天的星斗。

吹拂的夜風帶著涼意和來自海洋的氣味，氣味並不難聞，搭配著黎明前的清新空氣，讓人有一種洗滌身心靈的感覺。

池丹錦以前並不喜歡夜晚，因為夜晚是鬼怪和詭譎活動力最旺盛的時候，但是今晚或許是身邊有「同伴」相陪，又或者是知道了世上還有異管局這樣的神秘組織，在為了凡人的安全奮鬥，她竟覺得這樣的夜晚讓她感到很舒服、很喜歡。

林百福的聲音打斷池丹錦的思緒。

「到了。」

兩人來到一處碼頭邊，長長的碼頭延伸至海中，若是日出的位置正好在碼頭前端，那肯定會是一張相當出色的照片。

「你知道太陽會從哪裡升起嗎？」池丹錦轉頭詢問林百福。

她沒有來過這裡，不清楚日出的位置。

要是相機架好、一切都準備妥當，卻發現太陽升起的位置跟鏡頭對準的位置不同，那就好笑了。

「大概是這裡。」

林百福的手指向斜前方。

日出的位置不是在碼頭的正前方，而是有些偏移。

不過這也無所謂，誰說一定要比例、構圖完美才能是好照片呢？

大自然本身就是一幅獨特的美景！

來之前，他們已經查詢過日出的時間了，池丹錦看了一下手機上的時間顯示，發現還剩下二十幾分就要日出了，連忙將背包放在地上，開始忙碌起來。

三腳架架好，相機擺好，調整焦距，趁著天色濛濛亮的時候試拍幾張。

接下來就是等待日出了。

「坐吧！」

林百福拿出兩張摺椅，一左一右地放在相機兩側，兩人像是相機的左右護法似地坐著。

緊接著，林百福從背包裡取出一個保溫瓶，在池丹錦面前晃了晃。

「熱豆漿，要喝嗎？」

「好，謝謝。」池丹錦點頭。

雖然現在的氣溫不算太低，但他們剛才這麼一路走來，被涼風吹了將近半小時，確實有點冷。

林百福將保溫瓶遞給她，自己又從背包裡取出另一個同款式、不同顏色的保溫瓶。

發現林百福準備了兩份熱豆漿，池丹錦的嘴角微微翹起，有一種被人當成「自己人」看待的貼心感。

「熱豆漿是我媽準備的，她讓我帶兩瓶出門，一瓶是給妳的。」

林百福說出熱豆漿的準備者，絲毫沒有為自己攬功勞的打算。

「……」

雖然事情跟自己猜想的不一樣，但是能被人關心，池丹錦還是很開心。

「替我謝謝玫瑰姨。」

池丹錦也有準備熱飲，她帶了一保溫瓶的熱咖啡，用便宜的即溶咖啡粉沖泡的。

她不是那種對咖啡講究的人，對她而言，罐裝咖啡、即溶咖啡、超商的咖啡、咖啡廳販賣的高檔咖啡，其實都沒有多大的差別。

只要口感、口味符合她的喜好，就算是廉價咖啡她也能喝的很開心。

不過她也知道，並不是所有人對咖啡都那麼不講究，她曾經跟其他人分享過即溶咖啡，對方表面上笑嘻嘻的接受了，回過頭就跟其他人吐槽她的「摳」和「沒品味」。

從那次以後，她要請別人喝咖啡時，都會特地挑貴一點的。

林百福會不會也是對咖啡挑剔的人？

要是請他喝即溶咖啡，他會不會不喜歡？

池丹錦看了林百福幾眼，最後還是拿出了咖啡跟對方分享。

「我帶了咖啡，用即溶咖啡粉沖泡的，二合一古坑咖啡，無糖有奶精，你要喝嗎？」

池丹錦詳盡地描述，生怕林百福不清楚這咖啡的來歷和味道。

錯。」

「好。」林百福隨口應著，「我家也都是買這牌子，我媽很喜歡喝，味道不

得到這樣的答案，池丹錦鬆了口氣，臉上的笑容更加燦爛。

她從背包裡取出了原先準備的折疊杯，為林百福倒了一杯。

咖啡的香氣隨著熱氣飄散開來，縈繞在鼻尖。

兩人就這麼默默地喝著熱飲，等待著日出。

池丹錦看過很多次日出，不管看過多少次，每一次觀看日出時，都還是讓她感到恢宏、瑰麗以及滿心歡喜。

在太陽未生起之前，明媚的金色光芒率先衝破了黑暗，翻飛的雲朵和海洋也染上了一層耀眼的金黃，為大地帶來光彩、暖意以及朝氣蓬勃的喜悅。

而後太陽冉冉升起，黯淡的天幕從淺黃轉為橙紅再到熟悉的天藍色，海水也成了美麗的藍色調，雪白的浪花翻滾上岸，在沙灘上留下溼潤的痕跡。

隨著天色變亮，萬物甦醒，蟲鳴鳥啼、雞鳴狗叫，交織出晨間的序曲。

池丹錦接連拍攝著日出畫面，漆黑的眼瞳倒映著日出的光彩。

在絢麗燦爛的金光之中，池丹錦見到有幾縷紫色的彩霞遊走，這一切也全被她的相機捕捉下來。

紫霞存在的時間不長，當太陽完整的躍出海平面時，它就消失了。

池丹錦停下拍攝動作，翻看之前拍到的畫面。

這次的收穫很不錯，有五張拍攝到了濃郁的紫色霞光，還有兩張拍攝到稀稀薄薄、即將消散的紫光。

「你們要的是不是這個？」

池丹錦將相機畫面遞給林百福，讓他確認。

「我看看。」林百福接過相機查看，而後露出欣喜的笑容，「妳很厲害啊，竟然能封印這麼多紫氣！」

「這些紫氣對你們修煉有幫助？」

「對桃姊他們有用。我是普通人，用不上這個。」林百福將相機遞回給池丹錦，「紫氣是祥瑞之氣，對修煉和很多東西都有幫助。」

「你們捕捉不到嗎？」

「捕捉還是能捕捉，但是沒妳拍到的這麼多、這麼濃郁。」

林百福撓撓頭，試圖將情況向池丹錦講解清楚。

「假設日出的紫氣能量，滿分數值是一百的話，異管局能捕捉到的紫氣能量，大概是三十到五十，而妳捕捉到的是八十到九十。」

也就是因為這樣，神巡攝影和異管局的人才會對她拍攝的照片這麼青睞。

了解情況後，池丹錦將照片上傳到公司的檔案庫，並將任務完成的消息告訴了木桃。

木桃高興的打電話誇讚了她一通，而後急匆匆處理這些日出照片。

之前打電話來「預定」這些照片的大佬可不少，要給誰、不給誰，都是一門學問！

木桃原本想悄悄地跟上司商量好了，再私底下找這些大佬談，偷偷摸摸地分配完，這樣一來，那些沒能拿到照片的大佬也沒辦法做什麼。

可是也不知道是哪裡走漏了消息，不到半個小時，她的電話、上司的電話都響個不停，一看來電的名字，好傢伙！全都是惹不起的大神啊！

不接電話還不行，大佬直接來個紙鶴傳音、飛符傳信、紙人傳訊……甚至還派遣鬼將、鬼差傳話。

不管你躲到哪裡，一定都能找到你！

「要不……讓池丹錦多拍一些照片？」

平常笑得跟彌勒佛一樣的上級，愁眉苦臉地提議道。

「可是她這個月的任務額度已經完成了。」木桃同樣苦著臉。

「額度完成也沒關係嘛！多出的工作我們按件計酬……」

在金錢的誘惑下，他就不信會有人拒絕！

「她的搭檔是林百福。」

木桃朝上級揚眉，一副「有膽子你就去跟他說呀！」的模樣。

池丹錦或許會願意多做一些工作、多賺一點錢，可是林百福向來不喜歡過於忙碌的工作行程，他要是不願意，就算你給他幾十萬、上百萬的加班費他也不鳥你。

「……」

上級一時語塞。

他還真不敢強迫林百福加班。

02

拍攝完日出後，林百福開車載著池丹錦來到一間自助餐館用餐。

自助餐廳的名字是「四時三餐」，店家設有大型停車場，停車場裡除了一般的汽車之外，還有大型貨車和計程車停放。

「這裡是異管局旗下產業之一，二十四小時營業，專門供應出差的異管局成員、地府公務員、護法神等用餐的地方。」

林百福領著池丹錦往餐廳內部走去，邊走邊介紹道。

「這裡的廚師都是有名的大廚，也有一些是街邊小店的老廚師，像那邊的饅頭，就是一位做饅頭做了四十多年的饅頭店老闆做的，鬆軟可口又有嚼勁，非常好吃！」

「還有那邊的白粥，妳別看那只是一鍋白粥，熬粥的廚師用了一輩子鑽研，用精心挑選的好米、好水，守在爐邊慢火熬煮。他熬出來的粥，米香濃郁，味道又香又清甜，不用配菜也能喝上兩碗。」

用誇張一點的說法來說，那就是：跟這碗粥一比，我以前喝過的粥都不是粥！

自助餐廳內部的用餐空間寬敞明亮，他們的窗戶是大型玻璃窗，讓採光更加充足，用餐桌有四人桌和寬敞的十人長桌，餐桌與餐桌之間的走道寬敞，用餐和走動時不用擔心會撞到其他人。

點餐區豐盛的猶如五星級飯店的自助吧台，早餐種類眾多，光是飯類就有清粥、小米粥、生滾粥、飯糰、肉粽、地瓜飯、炒飯、滷肉飯、控肉飯、排骨飯、牛肉飯等等。

麵類有湯麵、牛肉麵、麵線糊、炒麵、麻醬麵、肉醬麵、涼麵、米粉、冬粉、河粉等等。

除此之外，這裡還有蛋餅、三明治、漢堡、小籠包、湯包、水煎包、大包子、饅頭、花卷、鍋貼、水餃、燒餅油條、碗糕、肉圓等三十餘種。

一旁的配菜區還有各種當季蔬菜製作的炒菜、燉菜、涼菜，滷味、炸物、水果和點心……

飲料區有豆漿、米漿、芝麻糊、果汁、牛奶、咖啡、清茶、紅茶、綠茶、奶茶等常見茶飲。

「他們這樣……不會虧錢嗎？」池丹錦被眼前澎湃的早餐數量驚呆了。

站在顧客角度來說，能有這麼多早餐可以選擇當然很好，可是站在餐廳的立場來看，每多一樣餐點就多一份成本，而且現場有很多是事先製作好，就等著客人點餐取用的，要是這些菜沒有賣出去，那真是會虧本！

「不會。」

林百福端著餐盤開始挑選想吃的餐點。

「妳別看這裡的菜色多，來這裡吃飯的人更多，等到用餐巔峰時間到了，那些擺出來的菜都還要換上好幾輪……」

「不過也不是所有菜沒了都會再補上，一些耗時間的菜色，賣完就沒了，像那白粥，廚師每天只熬兩桶。」

池丹錦他們抵達這裡的時間是早上六點多，餐廳內已經坐滿了七成，但是現在還不算是用餐的高峰期。

早上七點到八點，是日班人員的上班時間段，那時候的人潮最多，店內完全沒有座位，還會大排長龍。

兩人端著各自挑選的餐點，在一個靠窗的座位坐下用餐。

「這裡的餐點好便宜！」池丹錦一坐下，就忍不住開口對林百福驚嘆道。

她的早餐選了蛋餅，裡頭夾了鮮嫩的蔬菜、油條、烤肉、芝麻和起司，外加一碗林百福推薦的虱目魚丸湯。

蛋餅捲成了厚厚的一捲，用料豐富，這種規格的蛋餅，在外面賣少說也要七、八十元，可是這裡竟然只賣二十五元！

虱目魚丸湯用的碗比一般湯碗大一個尺寸，魚丸也給得很多，粗略一算，魚丸竟然有十顆！

這樣的一碗虱目魚丸湯，竟然也只要二十五元！

老闆完全是在做虧本買賣啊！

「他們這樣，真的不會虧錢嗎？」池丹錦忍不住再度問道。

「不會，異管局跟地府有補助。」

林百福說完後就埋頭吃了起來，沒再繼續談話。

他的食量大，餐盤上堆著滷肉飯、排骨飯、涼拌小黃瓜、滷白菜、酥炸紅糟肉跟一大碗的虱目魚丸湯。

在兩人享用早餐時，自助餐店也到了用餐高峰時段，絡繹不絕的客人不斷走進餐廳內，一時之間，點餐聲和打招呼的聲音絡繹不絕，熱鬧極了！

「我要一碗牛肉麵，再切一份滷豬耳、滷豬蹄、一份燙青菜！」

「給我打包十碗白粥、二十個饅頭，兩籠小籠包、兩個燒肉飯糰、一顆滷肉肉粽、一顆香腸肉粽、五杯大杯的豆漿跟一壺熱咖啡！」

「我要三十個饅頭，二十顆高麗菜包、五份燒餅油條加蛋、碗糕五個……」

「五碗海鮮粥，滷菜拼盤切三百元，大腸、小腸、豬頭肉、豬腳、豬舌都切一些……」

「我要四碗白粥，八樣配菜，兩顆鹹鴨蛋……」

「幫我包十五個七十元的便當，二十個漢堡、高麗菜鮮肉包子三十個、三鮮素包子四十個，水果拼盤三十份，奶茶、豆漿、咖啡各三十杯，外帶！」

「三個生菜鮪魚蛋餅，炸物拼盤大的來兩份！」

隨著客人的點菜聲響起，工作人員手腳俐落地盛菜、打包、結帳，從點餐到結帳花費的時間不用三分鐘，排隊人潮迅速縮短，整個畫面就像是用了縮時鏡頭，所有人的速度都被加快了一樣。

池丹錦好奇地觀看進出餐廳的客人，這些客人有的是常見的現代裝打扮，有的穿著長袍馬褂、有的穿著某個朝代的服飾，還有穿著白袍或黑袍，頭戴高帽，上頭寫著「一見生財」、「天下太平」字樣的白無常與黑無常。

在池丹錦的視野中，這兩位無常身上縈繞著清亮的紅色光芒，這類光芒她以前也見過，通常神明身邊的護法神和武將身上都有這類的紅光。

殺人犯和屠夫身上也有紅光，不過他們身上的紅光顏色較為混濁，並附帶一股兇煞之氣，靠近了都會覺得不舒服，一些重大罪犯身上的紅光則是趨近於黑色。

「那兩位真的是……黑白無常嗎？」

池丹錦低聲詢問著林百福，激動地雙眼發亮。

也難怪她會這麼激動，這可是黑白無常啊！民間傳說中的大名人！

「他們兩個是黑白無常，但是不是妳想的那兩位。」林百福回道。

「啊？什麼意思？」池丹錦不明白。

「他們的『職稱』是黑白無常，但是他們並不是謝、范兩位將軍。」

頓了頓，林百福又更進一步的解釋。

「謝、范將軍是黑白無常，但是黑白無常並不只這兩位將軍。」

「就類似……劉德華是明星，但是明星並不是只有劉德華？」池丹錦說出她的理解。

「對。」

林百福給她豎起大拇指點讚。

並不是所有人都能立刻理解過來，許多人會侷限在原本的認知，認為謝、范將軍就是黑白無常，而黑白無常也只有謝、范將軍，沒有其他人。

可是地府的事務這麼多，需要引導、拘捕的亡魂這麼多，光靠他們兩位怎麼可能忙的過來？

就算有分身術也不行啊！

03

拍了兩回日出照片後，池丹錦又回到正常的工作內容。

因為她已經知道異管局的存在，也了解巡界人這一職業，所以林百福也不再遮掩，直接跟她說，他們接的這些「外景拍攝任務」其實就是巡邏任務。

除了巡視界壁之外，巡界人也會到處走走逛逛，看有沒有出現新的詭譎、惡蟲或是其他異常。

他們這天巡視了兩個地方，一個是以前販賣和批發南北雜貨的老市集，在舊時相當有名，各地的商人都會跑來這裡進貨，只是隨著時代發展，這裡慢慢地沒落了，只有在年關到了，家家戶戶開始準備年貨時，這裡才又熱鬧起來。

另一個地點是一個看起來不太正規的舊貨市集，攤販們在街道上支起一個木板架子，或是隨意地在地上鋪上一塊紙板、塑膠布，將商品整齊排列其上，也有隨便將商品倒成小山狀，任人挑選的。

攤販們販賣的商品相當多樣，從二手電子產品、舊鞋子、舊衣物、生活雜貨到字畫、古董、錢幣等裝飾性藝品都有，池丹錦還看到有人販賣盜版的成人光碟、裸露的寫真集跟菸酒。

池丹錦以前也逛過跳蚤市場，但是她逛的跳蚤市場是偏向文藝市場、生活市集那種，販賣的產品以文創產品和手工藝品為主，商品都被包裝的漂亮又有質感，她還是第一次見到把商品像垃圾一樣隨便堆放販賣的。

「這裡……」

池丹錦看著林百福，心中有一肚子疑惑。

「出去再說。」

林百福制止了她的提問，後者雖感疑惑，但還是配合地安靜下來。

等他們走出跳蚤市場後，林百福才告訴她，剛才他們逛的那個市場不是「正規」市場，是屬於攤販們偷偷擺攤，警察見了會過來驅趕的違法市場。

那個跳蚤市場的貨物來源有兩種，一種是較為正規的，從回收場、建築物拆除廠商，或是工廠、商店倒閉，收購的倒店貨跟滯銷品。

不正規的管道就是攤主跑去人家回收舊衣物的箱子，撿拾他人捐贈的衣物，也有攤販同行之間相互採購補貨的，另外還有——賊贓。

是的，小偷團夥偷到東西後，一些沒價值的就會低價轉賣給這些攤販，讓他們在市場擺攤販賣，也算是另一種的「銷贓」模式。

所以這類市場又被稱為「賊市」。

不過並不是所有這類型的跳蚤市場都是賊市，一些有專人管理的正規跳蚤市場，就是民間收藏家的尋寶地。

巡邏工作很輕鬆，只需要像逛街一樣到處走走逛逛，見到有惡蟲或是陰氣、煞氣凝聚就用「淨化符」、「淨化噴霧」消除，而後面這些工作都是林百福負責，還是新手菜鳥的池丹錦，只需要留心注意惡蟲和陰、煞氣的位置，並將它的方位告訴林百福即可。

等到完成這次巡邏，時間也來到傍晚五點多。

「今天靈界那裡有大市集，妳要不要去逛逛？」坐回車上，發動車子時，林百福主動開口邀約。

「我可以去嗎？好啊！」池丹錦立刻起了好奇心，「那邊是用現金交易嗎？還是用其他東西？」

雖然不知道靈界的市集會販賣什麼樣的東西，但是既然去了，池丹錦還是想買幾樣紀念品回家。

「有現金交易，也有以物易物。」

「現在就有市集嗎？」

「對，大市集是每個月的農曆初一、初二，十五、十六日舉行，這幾天，各地的商人都會帶著貨物到靈界那裡擺攤販賣。」

林百福發動車子，朝著某個方向駛去。

穿過白霧後，車子來到一處停車場前，將車輛停妥後，林百福領著池丹錦進入一個熱鬧的街區。

這裡的街道很寬敞，道路兩旁立著各種店家的旗幟和招牌，街邊擺著各式各樣的攤位，更深入中心的廣場上架設了許多帳篷，帳篷有著各種顏色和花色，放眼望去一片花花綠綠，讓人目不暇給。

廣場上人潮眾多，還沒走近，喧鬧的叫賣聲、招呼聲和砍價聲就傳入耳中，顯得熱鬧無比。

「八卦鏡、羅盤、天珠、道教符籙、桃木劍、五行水晶……」

「快來看、快來看啊！正規的百年黑驢蹄子！品質保證純正！絕對不坑人！」

「尋龍尺、五帝錢、洛陽鏟、特製蠟燭……」

「五行符、輕身符、雷符、招財符、請神符、平安符……各種符籙都有！正統X道觀、張真人開光加持！」

「道香、佛香、檀香、招財香、回魂香……」

攤位的商販衣著很特別，有道士跟和尚裝扮的，也有渾身披掛許多珠串、看起來像是靈媒的，還有穿著現代衣裳，手裡卻拿著骨頭、眼珠子、曬乾的蜥蜴叫賣的人。

他們的攤位上擺滿了各種人像、符籙、紙錢和香火，濃烈又複雜的香味和煙霧彌漫在空氣中。

「龍虎山開光銅鏡！防煞、擋小人、擋災鎮宅……」

「正宗小五帝錢！保證是真品！假一賠十！數量有限，要買要快！」

再往前走，攤位上的商品就開始顯得「特殊」了。

池丹錦看見各種形狀的鬼面具、神像、古代寶劍、看起來像古董的青銅器，會動的石頭雕像，某種獸類的皮毛、來歷不明的骨頭和鮮血，也有活蹦亂跳的蜈蚣、蜘蛛、蛇、公雞，有毒的蟾蜍等等。

有些物品美麗又精緻，有些則是讓人毛骨悚然。

「鮫人淚！保證正統的鮫人淚！絕對不是用珍珠或是海藻珠魚目混珠的假貨！數量有限要買要快！這位漂亮的小姑娘，妳要不要買一顆鮫人淚啊？」

樣貌看起來差不多二十出頭的攤主，熱情地向池丹錦推銷著。

跟其他擺著骨頭、血液、皮毛和恐怖雕像的攤位一比，這個攤位的商品是各色水晶、花卉植物、美麗的刺繡和紗織布料、各種飾品和裝飾品，顯得格外清新脫俗，美麗動人。

「鮫人淚？是真的鮫人哭出來的眼淚嗎？」

池丹錦好奇地看著青年攤主手中拿著的盒子，盒子裡頭裝了幾顆白色、看起來跟珍珠很像的物體。

「對對！我這裡賣的鮫人淚保證是正貨！」青年攤主拍著胸口保證道：「這鮫人

淚啊，妳可以將它做成首飾配戴，長期戴在身上可以增加妳的桃花運，妳也可以將它磨成粉，混著溫水喝了或是用它敷臉、泡澡！」

「內服可以滋養妳的身體，幫妳排除體內毒素，敷臉、泡澡可以幫妳美白、除斑、除皺，讓妳的肌膚更加水嫩、更加漂亮！」

「一顆鮫人淚的定價是三百五。」

「台幣？」池丹錦問道。

林百福提醒過她，這裡的幣值跟外界不同，問價前要先確定幣值。

「靈幣！」青年攤主強調著貨幣單位，「今天的兌率是一比十。」

「台幣一？」

「靈幣一！」

青年攤主拿出手機，登上靈界兌換錢幣的銀行官網，翻出今天的兌率給她看。

「台幣十，所以是三千五？」池丹錦難以置信的瞪大眼。

這一小顆東西就要三千五？未免也太貴了！

「看在妳是我今天第一位客人的分上，我算妳三百靈幣就好。」青年攤主微笑著回道。

池丹錦還在遲疑，因為這鮫人淚並不吸引她，但是如果能夠滋養身體，她可以買幾顆給家人。
沒等她行動，一旁的林百福直接開口吐槽。
「那是假的。」
「欸？」
「喂！喂！這位兄弟，你這就過分了啊！我怎麼可能賣假貨！」
青年攤主拿起一顆鮫人淚，輕輕地捏了捏。
「你看！鮫人淚是軟的，珍珠是硬的，我可沒有用珍珠冒充！」
「那是用珍珠粉、澱粉跟明膠合成的東西，批發價一斤一百靈幣。」林百福直接揭穿仿冒鮫人淚的配方。
「什麼一百！我花了一百五買的！」青年攤主不服氣地反駁。
「一斤一百的東西你賣我一顆三百五？」池丹錦一臉震驚看著青年攤主。
換算成台幣，那就是三千五！這人也坑的太狠了吧！
「正、正牌的鮫人淚都是這個價，賣便宜了人家就覺得是假貨。」青年攤主結結巴巴的解釋，「這些東西雖然是假的，可是裡頭摻的東西都是可以吃的，而且還有珍珠粉，珍珠粉也很貴啊……」
「呵！」池丹錦回以一個冷笑。

「我也沒賺妳太多，我真的是一斤一百五買的！」青年攤主努力維持著自己的顏面。

「你買貴了。」林百福相當直白地回道。

「……」青年攤主的嘴巴張了張，臉色一陣紅一陣白，表情極度尷尬。

停頓幾秒，他才又壓低聲音，開口詢問。

「兄弟，你都去哪裡批貨的啊？可以介紹一下嗎？」

「……」

04

林百福還是給了對方一張名片，讓他以後進貨都去那裡買，報他的名還可以打折。

青年攤主感激地向他道謝，還送給他和池丹錦一人一條保平安的木牌項鍊。

「他是賣仿冒品的耶！你怎麼、怎麼還幫他坑人呢？」

離開那個攤位後，池丹錦看著硬被塞進手裡的項鍊，糾結地追問。

「他還算有良心，攤位上的貨半真半假，假貨也都是不傷身的高仿品。」

如果對方貪便宜，採購害人的低價黑心產品販賣，他絕對不會幫。

「那也不能幫他啊！你這是助紂為虐！」

林百福看了池丹錦一眼，反問：「那妳有沒有想過，如果我不幫他，他繼續進一些高價的仿品賣，虧了、沒錢了，就只能把成本繼續往下壓，去批一些更便宜但是會對身體造成損傷的商品，把自己的良心都賣沒了，妳覺得這樣好？」

「……」池丹錦啞口無言。

「現在我幫了他，他賺了錢，就會想要買更多好貨、賺更多的錢，商品品質也會往上走，以後他或許還會繼續賣仿品，可是賣的是高品質仿品，可能效果微弱但是不會害人的那種，那又有什麼不好？」

「要是他沒有往你說的好方向走呢？」

「我介紹他的店，老闆是個很熱心的人，願意提攜後輩，要是他走歪了，老闆會把他拉回來。」

要是拉不回來，老闆就會通知靈界的管理者抓人，不會造成大問題。

林百福見池丹錦遲遲不將項鍊收起，又補充說道：「平安牌是真貨，不過力量不大，只是一級品，妳可以拿去廟裡過香爐，請神明再加持一下。」

「……一級品是什麼意思？」池丹錦隨手將項鍊放進包包裡，並轉移了話題。

「具有力量的法寶靈器，異管局聯合地府、靈界，按照物品的能量進行了等級劃分，一級最低、最高九級，九級之上還有特一、特二、特三級……目前發現的最高級靈寶是特三級。」

池丹錦隨意地聽著，這些東西對她來說都太遙遠了，日常生活用不到，自然也就沒有留心記住。

見狀，林百福便將話題拉了回來。

「在大市集買東西，要看自身的眼力跟運氣。」

林百福開始向池丹錦介紹市集的買賣規矩，池丹錦也提起精神專注聆聽。

「大市集的攤販和貨品來源完全無法調查，這裡有自己製作的商品，有從批發商那裡批來的貨，有小販跑遍東西南北收來的貨，也有賊贓和盜墓者偷來的……」

「妳以為那些買家不知道市集上有假貨嗎？他們當然知道，不過他們認為自己的眼力好，可以從這裡淘到價廉物美的好東西，所以才會來這裡買。」

「市集上的買賣規矩跟古董淘寶很相似，買家在買貨前可以上手檢查，確定沒問題就可以交易，交易完成以後，買家要是發現買到假貨，那是你自己眼力不行，不能跑回來跟賣家爭執，同樣的，要是買家撿漏了，用相當便宜的價格買到好東西，賣家也不能追回商品或是要求加價。」

林百福確定池丹錦將市集規矩聽進去後，又繼續說道。

「如果妳對自己的眼力沒有自信，那就去商店買，店鋪的東西雖然比較貴，但是他們的商品都有『掌眼』進行鑑定，保證是正品，要是妳在店裡買到假貨，還可以叫商家負責賠償。」

他看了池丹錦一眼，「妳的眼睛很特殊，能夠看見界壁漏洞跟蠱胎，應該也能看見寶物的寶光，所以我才帶妳來這裡尋寶撿漏，要是不想逛，我們就直接去商店吧！」

「逛！當然要逛！」

聽到可以撿漏，池丹錦眼睛一亮，連連點頭。

尋寶耶，多麼有趣啊！當然要逛！

「要是看見好東西，可是妳自己又用不到，可以買下後轉賣給商家。」林百福給池丹錦介紹了一條新財路。

「好！」

發現有賺外快的機會，池丹錦摩拳擦掌，準備大展身手！

她在各個攤位逛來逛去，臉上寫著滿滿的好奇，那些老攤主一看，就知道這個人是個來尋寶的新手，最好坑騙，紛紛熱情地對她招呼起來。

「小姑娘，要不要買一塊辟邪石？」攤主見池丹錦走近，笑眯眯地拿起一塊石頭推薦道：「我跟妳說，妳別看它黑乎乎的，好像就是一顆普通的石頭，其實這是可以驅除厄運和邪氣的！」

池丹錦仔細看了看，怎麼看都覺得這只是一塊普通的石頭，沒看出什麼異常，隨即搖頭拒絕了。

旁邊的攤位上擺滿了各種符籙、道教經文、桃木劍、八卦鏡等道教物品，攤主是一位穿著黃色道袍、留著鬍鬚的老道士，他的手裡拿著一本道教經書，正念念有詞的低聲念誦。

在池丹錦靠近後，老道士依舊沉浸在書中，頭也不抬地說道。

「請居士自行觀看。」

池丹錦對道教的法器並不了解，隨意地掃一眼，見到有些物品泛著星星點點的白芒，能量並不強大，就跟青年攤主送他們的平安牌項鍊差不多，沒什麼價值。

池丹錦才想離開，先前還在看書的老道長先一步叫住了她。

「居士，請留步。」老道長微笑著說道：「我這裡賣的都是正統道觀開光加持過的法器和開運物，可以祈福、驅邪、保平安、求好運，居士要是不清楚用途，我可以為妳介紹。」

「不……」

不等池丹錦拒絕，老道長又繼續往下說道。

「這個是桃花項鍊和手鍊，可以招桃花、招好人緣，很多小姑娘都喜歡買幾條戴著。」

「這個是凝神檀香，可以安眠、凝神，要是妳有失眠的情況，或是心情經常覺得煩躁，可以買一盒回去用用看。」

「這些是開運水晶，大的可以放家裡，鎮宅招財，護佑全家人身體健康、事業順利。小的水晶可以當成手機吊飾、背包吊飾，可以招人緣、招福運、招財氣……」

老道士嘴皮子利索，巴啦巴啦地說個不停，池丹錦完全制止不了對方。

換成在其他地方，池丹錦會直接離開，可是這裡是靈界的市集，聽林百福說，能進入靈界的都不是普通人，她擔心要是不給對方面子甩頭就走，會引起對方不滿。

小說裡不是常有這樣的情節嗎？

小說主角來到新地圖，遇見衣著打扮華麗的少爺，主角不認識對方、也不知道對方的身分背景，言語和態度隨便了一點，就激怒了少爺，引起眾多紛爭。

池丹錦自認沒有主角的好運氣，可以逢凶化吉，危急時刻還能有貴人相助，能不惹麻煩還是不要惹麻煩比較好。

「走吧！」

林百福沒有池丹錦的顧慮，拉著她直接往前走，無視老道長在後頭的呼喊。

「你這樣……不會有事嗎？」池丹錦有些擔心的詢問。

「有什麼事？」林百福困惑反問。

「他是道士耶！之前聽廣播說，有些心術不正的道士會用符咒教訓人，你剛才不給他面子，會不會……」

聽完池丹錦的顧慮後，林百福失笑搖頭。

「妳不要把他們這些修行人神話了，他們跟一般人一樣，都是要生活的，不然也不會來到這裡擺攤。」

「可是他們有特殊能力……」

「妳也有特殊能力，他們要是弄妳，妳打回去不就好了？」林百福開玩笑地說道。

「我只會用相機封印，不會打架。」池丹錦鬱悶回道。

正是因為沒有攻擊手段，而防禦手段又這麼單一，池丹錦才會顯得這麼氣弱。

「妳試著開發自己的能力，我覺得妳的潛力還很大。」林百福鼓勵道。

「要怎麼開發？我也能夠修煉嗎？」

林百福搖頭回道：「妳的能力是與生俱來的天賦，跟一般的修行人不一樣，妳要自己摸索。」

「……我不知道該怎麼摸索。」池丹錦無奈地嘆氣。

之前開發出相機封印術後，她也有繼續嘗試，看看能不能研究出更多技能，只是不曉得是不是她的研究方向不對，總是一無所獲。

「也有可能是，妳現在的鑽研程度還不夠，對技能的了解還不夠。」林百福給出了另一種思維。

「妳玩過遊戲嗎？」

「玩過。」

「遊戲的技能需要熟練度或是經驗值達到滿等，才能夠升級，出現新的招式，或許妳的情況也是這樣。」

「……可是我經常在使用相機封印術，幾年下來，經驗值應該滿了吧？」

池丹錦雖然認同這個說法，卻還是有疑惑。

「也有可能妳遇見的怪物等級不高，經驗值太少，又或者是妳沒有經歷過生死關頭，少了一個頓悟的契機……」

林百福的前世是神明麾下的大將軍，不管是修煉或是戰鬥，經驗都相當豐富，即使現在已經轉世成為凡人，這些知識也依舊存在，還是能夠指點池丹錦一二。

「生死之間，人的潛力會被最大限度的激發，最容易升級……」

「但也容易死。」池丹錦吐槽道。

「死了以後轉職成為鬼差就行了。」林百福一臉無所謂回道。

「……」池丹錦白了他一眼，「你的口氣就像是『啊？沒排骨飯啦？那我改吃雞排飯』，說得真輕鬆。」

那可是關係到生死的大事！

然而，對林百福來說，生死確實就是這樣，在他看來，死後只是換個世界繼續生活而已。

「妳可以先從練習眼力開始。」林百福指了指周邊的攤位，「不要只看那些氣光，妳要從光芒和能量場中進行分析，知道這光是屬於什麼類型，什麼樣的靈氣或詭譎才會擁有這樣的能量場，之後再試著在不使用相機的情況下進行封印或是捕捉。」

「不使用相機？可是我的封印術就是配合相機的招式啊！」

「不，妳錯了。」林百福搖頭回道：「妳的能力源自妳本身，跟外物無關。」

「可是……」

「妳之所以認為要有相機才能使用能力，那是因為『妳、認、為』！」他加重了後面三個字的語氣。

「妳的思維把妳的能力封鎖了。」

林百福真誠又認真地對她說道。

「認知，或者說『信念』是一種很奇特的存在。」

「信念強大的時候，甚至能夠引發奇蹟。最常見的例子就是抗癌，許多醫生都會對病人說，要保持樂觀、要有信心，因為在醫學上已經有研究能證實，信念確實對於醫療具有輔助效果。」

「妳現在已經一腳踏進這個世界了，那妳就要改變妳的思維模式。」

林百福對眼前的新人菜鳥說出最關鍵的引導。

「現實世界一切講究科學，一切都是唯物主義，但是在這裡……很多東西都是唯心的。」

「唯心？」池丹錦迷迷糊糊、似懂非懂的複述。

儘管這段談話很短暫，池丹錦卻覺得有好多資訊突然灌進她的腦中，讓她的腦袋有點疼、有些亂。

「不急，修行是個人的事，妳可以慢慢悟。」

林百福拍了拍她的腦袋，清掉了她腦中的雜訊，讓她恢復清醒。

池丹錦眨了眨眼，現在腦中一片空白，一臉「我在哪裡？我要做什麼？」的呆滯模樣。

「噗……」

林百福忍不住噴笑出聲，他抬手揉了揉她的腦袋，推著她的肩膀往前走。

第五章　開盲盒

01

「去那個攤位練練。」林百福為她指明了目標。

林百福指的攤位是一個「盲盒」攤位，攤主在地上鋪了一大塊厚布，範圍差不多有兩個攤位那麼大。

靠近攤位裡側的盲盒堆成了一人高的小山，而前方擺出來的盲盒也有四、五十個。

盲盒是用木頭製作成的盒子，盒子有大有小，最小的只有魔術方塊那麼大，最大的木箱有小腿高。

木盒的外圍繪有符文，那是用來阻絕查探的符籙。

開盲盒嘛！玩的就是運氣，要是看出了存放在內部的物品，那還有什麼好玩的？

林百福不知道池丹錦的眼力能不能突破符籙的防禦，不過凡事總是要嘗試看看才能下定論。

池丹錦走到盲盒攤位前，仔細地觀察著木盒，讓她意外的是，每一個木盒都會發出微光。

這表示裡面都有寶物？

「兩位客人，歡迎看看啊！」穿著制服的年輕店員爽朗地招呼道：「我們這個攤是『萬象閣』設立的盲盒攤，每個木盒裡面都是真貨，只是價值高低不同而已。」

店員說到自家店名時顯露出幾分驕傲，顯然這間「萬象閣」是當地有名的店家。

池丹錦看了林百福一眼，後者會意地說明。

「萬象閣在靈界經營千年，誠信可靠，販賣各種器物類的法寶，類似於陽世的高級古董店、珍寶店。」

「那這裡面的東西肯定很貴？」池丹錦雙眼發亮。

「價值……妳要看是用什麼角度看。」林百福無奈地解釋：「有些陽世的東西對靈界來說只是垃圾，像是一些有錢人吹捧的珠寶首飾和古董，除非它是靈玉、靈寶，不然在靈界這裡就只是普通的、沒什麼價值的東西。」

「那……」池丹錦心中冒出一個想法。

「別想了，不可能！」林百福一眼就看穿她的念頭，直接否決了，「靈界連通陰陽兩界，為了不造成兩界的混亂，靈界對物品和物價都有管控。妳可以在這裡找到珍貴的、好幾百萬、幾千萬的古董，但是妳想要從靈界購買這些東西，價格其實跟陽世差不了多少。」

直白點說，想要在靈界買古董拿到陽間販售，頂多賺到一點點的運送費罷了。

靈界之所以有這些規定，也是因為南貨北賣的想法，早就有人實踐過，並且在陽世引起不小的麻煩，這才會有這樣的規矩產生。

「而且就算妳拿到古董，妳有門路賣嗎？」

「啊？不是賣給商店或是拍賣行就行了嗎？」

「妳買東西會去看它的生產公司跟產銷履歷，妳去賣古董，人家當然也會要求看妳這古董的來源證明，妳拿的出來嗎？」

沒有相關證明的，都會被當成是不法來源，是要被調查的！

「還要這樣？」池丹錦沒接觸過這些，完全不懂，「靈界賣東西會給證明吧？」

「靈界開的證明，妳敢拿出去？」林百福似笑非笑地反問。

就算拿出去了，人家肯定當這東西是假的。

「行了，別想那麼多，去開盲盒吧！」林百福催促著。

一旁的青年店員等到兩人結束對話，這才又笑著附和。

「開一次盲盒五百靈幣，要是一次買十個盲盒，贈送萬象閣的折扣券，購買店內十萬靈幣以下的商品可以打九折。」

「五百靈幣，那就是五千台幣……好貴。」池丹錦實在花不出這筆錢。

「用等價值的東西交易也行。」店員微笑著補充道。

「……」池丹錦扯了扯嘴角，露出一個禮貌的微笑。

如果她有等值的東西那就好了。

「我出吧！」林百福遞出五隻甲馬摺紙給店員。

店員接過後，隨即拿出一個手機模樣的儀器往摺紙上一掃。

「滴！低階法器，價值一千靈幣。」

一張甲馬一千靈幣，五張就是五千。

「兩位可以挑選十個盲盒。」店員微笑著拿出折扣券，「這是萬象閣的折扣券請收好。」

池丹錦訝異的看著林百福，她完全沒有想到林百福摺的紙馬這麼值錢！

「前輩，我能學摺紙嗎？」她忍不住脫口問道。

要是能學會這個，她就能多一份收入來源了！

「行啊，我教妳。」林百福爽快答應。

「謝謝。我之後再還你錢。」池丹錦低聲說道。

如果只是一杯奶茶或是一份早餐的錢，林百福要請客就讓他請了，可這是五千元，不是小錢！

池丹錦無論如何都沒辦法心安理得的讓對方請客。

林百福也不跟她推辭，並提點她一句：「妳拍的日出照片也很有價值。」所以不必低估自身，羨慕他人擁有的。

「嗯。」池丹錦聽出林百福話中的善意，對他點頭笑笑。

轉過頭，池丹錦開始研究眼前的盲盒。

畢竟一個盲盒要五千台幣，要是開出價值太低的物品，那可就虧大了。

仔細觀察後，她發現盲盒發出的光輝是盒身上的符文光芒，並不是內部物品的光芒。

但是也有幾個盒子的光芒摻有其他顏色，顏色有紅、有綠、有藍、有土黃、有灰黑……

池丹錦猜測，或許這些多出來的光芒顏色跟寶物有關？

為了確認這個猜想，她挑了一個離她最近，光芒顏色是綠色、而且能量最多的盲盒。

打開盲盒後，她發現裡頭放著一塊深色木牌，木牌是長方形，面上光滑如鏡、完全沒有雕刻花紋，只有在上端打了個小洞，用來繫著繩鍊。

「這是『無事牌』。」林百福說出物品的來歷，「一般用玉、翡翠或是珍貴的木頭雕刻，妳這塊無事牌是用靈木的木心製作，相當難得。」

一般這種木製的無事牌，用的都是木材的邊角料，不會用到珍貴的木心。

靈木木心是整棵靈樹的精華所在，一般都是用來製作更重要的物品。

「無事牌上不會雕刻花紋裝飾，『無飾』等同『無事』，取其平安無事的意思，另外也有許願和護身的作用。」

池丹錦對飾品沒有研究，不清楚價格，不過這塊木牌的能量讓她覺得很舒服，便開心地收起來了。

「客人的運氣很好啊！」一旁的店員也笑著恭賀，「這塊無事牌可是中級法寶，用的靈木是紫檀木，雕工也是大師級……」

靈界和異管局按照能量多寡、效用、強大與否等等，作為等級劃分的衡量標準，將法寶、靈物、詭譎、鬼物等等，制定出幾種等級——低級、中級、高級和特級，特級之上還有特一、特二、特三等級。

能夠被評為中級法寶的，價值少說也要十萬靈幣以上，池丹錦光靠這個盲盒就賺回了成本！

第二個選擇的盲盒是一個閃著電光的盲盒，開啟後，裡頭是一條木製手串，用五百年份的雷擊木製成，同樣是相當珍貴的物品。

「雷擊木是至剛至陽之物，具有強大的辟邪、震煞、護身的作用。」林百福簡單介紹著它的作用，「妳將它戴在手上，鬼物、詭譎就不敢靠近妳。」

「要是盲盒開出的物品客人不感興趣，也可以將它賣回萬象閣，我們會折價回收。」店員適時地補充道。

雷擊木是斬妖鎮邪、至剛至陽的法寶，店內總是供不應求，在缺貨的時候，雷擊木的售價還能上漲十幾倍、幾十倍！是能夠讓店家大賺特賺的優質商品。

「謝謝，我挺喜歡這個的。」池丹錦立刻將雷擊木手串戴上。

第三個是一個發著微微綠光的盲盒，裡頭開出的是一個外形像松針的植物。

「這是『躡空草』，又名『掌中芥』，在《洞冥記》和《鏡花緣》都有關於它的記載。」博學的林百福為池丹錦介紹道。

《洞冥記》中描述：「有掌中芥，葉如松子……食之能空中孤立，足不躡地，亦名躡空草。」

《鏡花緣》中則是說：「取子放在掌中，一吹長一尺，再吹又長一尺，至三尺止。人若吃了，能立空中，所以叫作躡空草。」

「所以吃了這草就能飛了？」池丹錦看著掌心中的小草，躍躍欲試。

「算不上飛，就是可以騰空行走，但是有時間限制。」林百福回道。

「能體驗一下也不錯！」池丹錦開開心心地收起躡空草。

第四個盲盒同樣選擇綠色光芒，這次開出的是一段木頭。

「這是『聲風木』，有風從聲風木旁邊吹過，木頭就發出優美的音樂聲，聽說將它養在家中的話，要是聲風木上出現水珠，家裡就會有人生病，要是聲風木自己折斷了，家裡就會有人去世。」

「哇喔！真神奇。」

池丹錦看著手裡「普普通通」的木頭，感慨著天下之大、無奇不有！

之後她又接連選了幾個綠色的盲盒，開出了一百年份的人蔘果、龍肝瓜和百年桂花靈蜜釀，這些都是靈界出產的植物，具有滋補身體功效。

至此，她差不多可以確認，綠色光芒是跟植物有關。

之所以說「差不多」，是因為她後來挑了一個火紅色的盲盒，裡面開出的卻是一截五百年份的桃木樹枝。

「啊！又開出好東西了！客人的運氣真是好！這也是中級寶物！」店員驚喜地讚

嘆道：「這是一位厲害的桃樹仙賣給萬象閣的桃樹枝！」

桃者，五木之精也。

桃木之精生在鬼門，制百鬼，具有鎮宅、納福、辟邪、招財的效用。

桃木是道教最常用來製作法器的材料，諸如：桃木劍、桃人（偶）、桃花弓、桃符、桃木八卦、桃木葫蘆等等，都是使用桃木製作的。

池丹錦獲得的這截桃樹枝，足有手腕粗、半臂長，大型物件製作不了，但是做些小型法器還是可以的，換成其他店家，早就將它製成高檔法器販售了，就只有萬象閣這麼慷慨大氣，願意將它放入盲盒給人抽獎。

聽著店員的稱讚，池丹錦已經從一開始的得意變成淡然，因為她每開一次盲盒，店員就會激動的叫嚷一次。

池丹錦覺得，這應該是店家用來吸引顧客的花招，沒看見現在盲盒攤位上已經圍了滿滿的一圈人了嗎？

「還剩一次機會，我可以選後面的嗎？」

池丹錦指著堆放在攤位後方，沒被擺出來的那些盲盒。

攤位上的盲盒，有特殊光彩的都已經被她挑出了，剩下的都是只有盲盒本身微光的，池丹錦剛才隨意選了一個開啟，裡頭是一張低等級的平安符。

這也是池丹錦開到現在，唯一一個沒什麼價值的盲盒。
「可以，您隨便選。」店員邀請池丹錦進入攤位內。
池丹錦繞著「盲盒牆」逛了一圈，挑選出一個最亮、最耀眼的金色盲盒。
打開後，裡頭是一顆灰撲撲的石頭，大小約莫有小西瓜那麼大，需要池丹錦用雙手捧著。
她期待地看向林百福，想從他口中得知這顆石頭的來歷，卻沒料到，林百福接過石頭查看一會，最後對她搖搖頭，表示自己也不清楚。
「恭喜客人開出……呃、石、礦石？」
店員同樣認不出石頭的真實身分，只能訕笑著用模糊的詞句描述。
反正會被放進盲盒的都有一定價值，最低也是平安符的等級，所以這石頭絕對不會是尋常石頭。
「這位客人的運氣可真是好，抽十次盲盒，八次抽到中級寶物！可真是厲害極了！」
店員一邊恭維、一邊招呼著周圍躍躍欲試的客人。
「各位客人，大家也都瞧見了，十次盲盒，八次中級、兩次初級！我們萬象閣的盲盒就是這麼實在！絕對不弄虛作假，不會往裡頭放垃圾！誠信可靠！歡迎大家來試試手氣！」

「一次開十個盲盒還可以得到我們萬象閣的折扣券一張！」

「行！給我來十次！」

「我也要十次！」

幾位客人邁步上前，爽快地付錢。

02

開完盲盒，林百福領著池丹錦在巷子裡左拐右繞，來到一間外觀看起來很有歷史感的店鋪。

「這裡的老闆是我的老朋友，我的摺紙都是在這裡買，妳要賣東西也可以在這裡賣，他給的價錢很公道。」

池丹錦聞言抬頭看向招牌，店家的招牌是一塊漆黑的牌匾，上頭龍飛鳳舞寫著一個「鳳」字，字體顏色是火紅中透著金色光芒。

池丹錦不懂書法字，但是眼前這招牌上的字讓她覺得是「活」的，像是一隻振翅欲飛的鳳凰。

尊貴、莊嚴又美麗。

池丹錦一時有些恍惚，她的目光完全無法從招牌上移開。

眼前忽然一暗，她的視線被寬厚的手掌遮住。

「別看了。」

林百福的聲音在她耳邊響起，她的肩膀一重，一股溫柔的力量推著她往店內走去。

進入店內後，林百福才放開手，讓池丹錦得以重見光明。

「你……」

「妳剛才在那裡站了半個小時。」林百福說道。

「欸？有那麼久嗎？我覺得才站了一下子。」

「要是我不阻止妳，妳會在那裡站到身體支撐不住，暈倒為止。」

「怎麼會……」

池丹錦一陣害怕，她從沒想過一個字竟然會有這樣的力量！

「文字是具有力量的。」林百福認真說道：「道教的符籙，一般人看不懂，以為是胡寫亂畫，其實那上面是一個個用來跟天地、諸神溝通的文字。」

「人在書寫文字時，會灌注自身的精氣神，從而形成無形的力量。」

書畫、藝術作品也是創作者注入了精氣神的創作，所以人們才會被藝術作品感動。

「呦！小將軍，稀罕啊！竟然會帶著小姑娘過來。」

穿著一身華麗紅色長袍的店長現身，笑盈盈地調侃道。

店長留著長髮，容貌俊美，通身氣度非凡，看著就不像尋常人，反倒像是古代的貴公子。

他的現身，彷彿讓原本就明亮的店內又閃耀了幾分。

池丹錦看了他一眼就轉開視線，不是害羞，而是對方身上的光芒實在是太過耀眼，像是一顆小太陽一樣，刺得她眼睛冒出生理性淚水。

「鳳老闆。」林百福淡定點頭，「我來拿之前預定的東西。」

「都在這裡了，你點點。」

鳳老闆拿出一疊黃色紙張，紙張都是手工精心製作，紙面光滑、觸感細膩柔韌。

林百福查看過後，滿意地點頭付款。

「她要賣東西。」

林百福推了推池丹錦，示意她將要賣的東西拿出來。

池丹錦低著頭，避開眼前刺眼的光芒，將聲風木和五百年份的桃木樹枝取出。動作停頓一下，她又將那顆石頭拿了出來。

「這是？」見多識廣的鳳老闆，掃一眼就能為聲風木和桃木樹枝定價，只是眼前的這顆石頭讓他迷惘了。

「這是抽盲盒抽到的。」池丹錦低著頭解釋道。

鳳老闆輕笑一聲，看著池丹錦調侃，「小姑娘怎麼低著頭說話？難道是見到一位絕世美男子，妳害羞啦？」

「……」

池丹錦很想吐槽對方的自戀，但是鳳老闆確實長得很好看，他的自誇也能算是實話，最後只能含糊回道。

「你身上的光太刺眼了。」

「她的眼睛特別，能看見靈光和氣場。」林百福替她補充解釋。

「原來是這樣啊……」鳳老闆隨手拿出一副平光眼鏡給她，「送妳了，戴上吧！」

池丹錦不明所以，她轉頭看了林百福一眼，在對方的點頭示意中，向鳳老闆道謝接過了眼鏡。

戴上眼鏡後，池丹錦立刻發現之前困擾她的光芒消失了，她可以直視鳳老闆了。

「這塊石頭我看起來很尋常，跟一般石頭沒什麼兩樣，妳看見什麼了？」鳳老闆好奇地詢問。

「這裡頭有很強烈的金紅色光芒。」池丹錦坦然回道。

「金紅色光芒？火系？能隱匿的？」鳳老闆思索著他曾經見過的寶物，想從中找出符合的物品來。

池丹錦遲疑了一下，補充了一句：「那光芒跟能量的感覺……跟老闆身上的有點像，就是弱化了不少。」

「跟我像？」鳳老闆笑了，臉上是不相信的神情，「這天底下，能跟我像的可沒有……」

他順手拿起石頭，在手上隨意地把玩一番，又往裡頭注入了些許靈力。

靈力一注入，鳳老闆隨即從石頭中得到回饋，讓他瞬間變了臉色。

他加大力量輸入，石頭像脫皮一樣，表皮一層層崩落成沙礫，漸漸顯露出裡頭的物品。

那是一個骨頭架子。

一隻禽類的軀骸。

池丹錦好奇地打量它，從骸骨的模樣看來，這隻禽類差不多鴿子大小，又或者比鴿子還大一些，在它的胸腔位置，鑲嵌著一顆彈珠大小、發著炙熱紅光的物體。

看起來像是它的心臟。

「還真是……」鳳老闆珍惜地捧著那具骸骨，露出懷念又感傷的神色。

氣氛過於詭異，池丹錦不敢打擾鳳老闆，悄悄地以指尖戳了戳林百福，低聲問道。

「你知道那是什麼嗎？」

「應該是具有鳳凰血脈的半妖。」林百福同樣壓低聲音回道。

「真的是鳳凰啊？」

聽到是神話傳說中才會出現的神獸，池丹錦忍不住又多看了那具骨頭架子幾眼。

也不曉得是不是鳳凰的名氣帶來的錯覺，她覺得那具骨頭架子很好看，骨質潔白，上頭好像還泛著點點金芒，一點都不會讓人覺得恐怖。

「雖然是半妖骸骨，鳳凰血脈卻很精純。」回過神來的鳳老闆評價道：「要是能遇到機緣，就此蛻變為鳳凰也是有可能的，可惜了……」

可惜這隻半妖沒能等到變成鳳凰的那天。

「聲風木的價格大概在七萬到八萬靈幣，看在妳帶來了鳳凰半妖遺骸分上，我給妳八萬。」

畢竟在靈界，它只是一種兼具預警作用的觀賞植物，沒什麼特殊，價格自然就不高。

「桃木樹枝的靈氣流失不少，價值在十萬到十二萬之間，我算妳十二萬。」

「這具鳳凰半妖骸骨……」

鳳老闆頓了頓，沉吟了幾秒。

「它還留有一縷精氣，心核也完好，市價差不多是三百五十到三百八十萬，我算妳三百八十萬。」

「三樣物品總計四百萬靈幣，這價格妳覺得如何？」

池丹錦驚喜的瞪大雙眼，四百萬靈幣，換成台幣就是四千萬！她一輩子也賺不了那麼多錢！

雖然心底已經猛點頭，不過池丹錦還是望向林百福，以眼神詢問這個價錢可不可以接受？

「價格很公道，比我預計得多。」

林百福估算出的金額還比鳳老闆給的少上一些。

鳳老闆付款爽快，在池丹錦確認這筆交易後，他給了池丹錦一張靈界專屬的現金卡。

這種現金卡就跟現世的手機付款功能差不多，在靈界買東西時，用它刷一下條碼就能夠付帳了。

缺點是，現金卡是不記名、也沒有密碼的，所以要是掉了或是被人偷了，裡面的錢就沒了！

這也沒有辦法，誰讓池丹錦沒有靈界的銀行戶頭呢？

要是她在靈界開了銀行戶頭，鳳老闆就可以利用靈界網路進行轉帳，將錢轉入她的帳戶中，而她還能開通手機支付，能夠使用更加安全和方便的手機付款方式了。

「以後要是有寶物想出手，或是想買東西，歡迎到我店裡逛逛。」

鳳老闆送給池丹錦一張貴賓卡，並起身送兩人出門。

池丹錦擔心鉅款會遺失，拉著林百福帶她去靈界的銀行開戶，將錢全都存進去裡頭。

雖然靈界銀行也有將靈幣轉成台幣，並轉帳到她在陽世戶頭的程序，不過池丹錦並沒有這麼做。

她前段時間才轉了一筆錢回家，要是錢給的太頻繁、太多，家人也會擔心她是不是被騙了或是發生了什麼事。

再說，她家裡雖然不富裕，但也不算貧困，父母的收入剛好足夠日常開銷，並不急著用錢。

以後她再以公司發獎金或是接了大案子的名義，一點一點地將錢轉給父母即可。

03

回程途中，池丹錦坐在副駕駛座，臉上揚著笑意，思緒還沉浸在今天一天的回憶之中。

她從來沒有想過，錢竟然會這麼好賺！

利用她特殊的視野就能開盲盒賺錢！

今天賺的這一筆錢，足夠她下半輩子不用工作了！

池丹錦越想越開心，恨不得下車跑上幾圈。

「這麼高興？笑得嘴都咧開了。」開車的林百福調侃道。

「當然高興！有這些錢，我以後就算沒有工作也不用擔心了！改天我請你吃飯！」

池丹錦沒有忘記，她能賺到這些錢，還是林百福帶她去開盲盒賺來的。

要是沒有林百福要她開盲盒練習眼力，又先替她出錢，她肯定不會花那麼多錢去開盲盒，那也就不會賺到這筆錢。

先前在銀行時，池丹錦就將欠林百福的錢還他了，而請客吃飯則是想要感謝他，謝謝他讓她得到這麼大的好運。

「吃飯？是散夥飯嗎？妳該不會是打算離職，轉行開盲盒賺錢吧？」林百福挑眉問道。

「你想太多了。」池丹錦笑著搖頭，「雖然開盲盒很賺錢，可是也挺危險的，要是被其他人知道我有這能力，說不定就會有人把我抓去關起來，專門替他們開盲盒呢？那我不就慘了？」

別說池丹錦想太多，電視劇、電影都是這麼演的！

都說「劇情來自於生活」，許多人都會吐槽電視電影的劇情太誇張，殊不知，現實中發生的事件有時比這些戲劇作品還要誇張。

「妳知道就好。」林百福見池丹錦這麼清醒，也就放心了。

許多人在有了特殊能力或是機緣後，就會以為自己是天地的主角，行事開始肆無忌憚，像他們這樣的人，通常都是死的最快的！

「對了，雖然錢是妳開盲盒賺來的，不過這也算是意外橫財，捐出一些做善事會比較好。」林百福提醒道。

都說「福禍相依」，大多數得了橫財的，通常都會有伴隨的禍事出現，這其中有一些是當事者太過高調，引來其他人覬覦，也有一部分原因是他的好運全在橫財上用光了，運勢弱了，禍事就自然上門了。

池丹錦不清楚其中的道理，但也知道林百福不會說些沒用的話。

「你有推薦的慈善機構嗎？」

池丹錦希望捐款能夠送到真正需要幫助的人手上，而不是被人貪污了。

「異管局和神巡攝影的官網上都有捐款頁面，上面列出的機構都沒問題。」

「好。」

池丹錦不是異管局的人，所以她拿出手機進入神巡攝影官網，在捐款頁面找了幾個名稱順眼的慈善機構，每個機構都捐出了一百萬台幣。

捐款完成後，也不曉得是不是錯覺，池丹錦覺得心情更加舒爽了。

收起手機時，池丹錦看見放在包包裡頭的平光眼鏡，想起了鳳老闆。

「那位鳳老闆……真的是鳳凰嗎？」她好奇地詢問，又隨即補充一句：「要是不方便說，那就別說了。」
她只是想八卦一下，並不是要探聽不能說的秘密。
「沒什麼不能說的。」林百福笑道：「鳳老闆的身分神秘，來歷眾說紛紜，有人說他是天地間最後一隻鳳凰；也有人說他是從古時活下來的奇人；還有人說他是轉世歷劫的能者；也有人說，他不是人，是上古偃師用鳳凰骸骨製作的人偶……」
「總之，鳳老闆的來歷，到現在都沒人能說得清，唯一能確定的是，他很厲害。」
連靈界的掌管者在鳳老闆面前，都要恭恭敬敬、客客氣氣地對待。
「果然，我就覺得他不是一般人！」
確定了自己的猜想，池丹錦滿意地點頭。
就在這時，車上的音響突然傳出了聲音。
「緊急通知！艋舺庚三區出現詭譎領域！現在已經有兩個戰鬥團隊和一組巡界人受困其中，請位於附近的成員前去支援！」
「再重複一次，艋舺庚三區出現詭譎領域！現在已經有成員受困其中，請位於附近的成員前去支援！」
聽到訊息，林百福眉頭微皺，腳下油門一踩，加快了車速。

「有緊急支援任務，我沒辦法送妳回去，我載妳去捷運站，妳……」

「我可以跟你去嗎？」池丹錦好奇地詢問。

「妳想去？」林百福挑眉看她一眼，勸告道：「那裡很危險，比之前遇到的情況還要危險，妳確定要去？」

被他這麼一反問，池丹錦抿了抿嘴，遲疑了。

她才剛賺到錢，都還沒跟家人過上好日子，要是因為一時好奇跟去，在那裡出了事……

見池丹錦沒有繼續堅持，林百福將她載到鄰近的捷運站，讓她搭車回家。

池丹錦站在捷運站口，目送車子遠去，心底湧上幾分懊惱。

或許她應該跟去的。

就算不能戰鬥，她的特殊視野或許也能幫上忙。

也或許……

主動探尋她所害怕的那些存在，其實並沒有她想像中的那麼糟……

池丹錦搖搖頭，甩開腦中一堆想法，轉身走進捷運站內。

回到租處，玫瑰姨和萬能叔正好在一樓客廳看電視。

「小錦，妳回來啦？」

聽到動靜，玫瑰姨笑嘻嘻地轉頭跟她打招呼，又看了一眼她的後方。

「我家阿福不是跟妳一起出去嗎？你們怎麼沒有一起回來？」

「公司臨時要他出差，我就先回來了。」池丹錦笑著為林百福掩飾。

林百福告訴她，他的家人並不知道他的真正工作，他們都以為他只是在攝影公司上班，所以他前去支援任務這種事情，自然也不能告訴玫瑰姨他們。

在車上時，兩人就已經套好了說詞。

「哎呀，怎麼那麼不湊巧，難得你們出去約會，怎麼突然有工作啊……」玫瑰姨頗為嫌棄地說道。

林百福出門時，跟家人說他要去買摺紙用的紙，順便帶池丹錦去市集逛逛，在玫瑰姨心中，就直接當這「逛逛」等同於約會了。

「我們不……」

池丹錦尷尬地想要解釋，話卻被萬能叔打斷。

「市集好玩嗎？有買東西嗎？」

「有。」

池丹錦從包包裡取出百年桂花靈蜜釀，遞給玫瑰姨。

「這是送你們的禮物。」

開盲盒開到百年桂花靈蜜釀時，池丹錦就想將這蜜釀送給喜歡烹飪和美食的玫瑰姨了。

玫瑰姨對她很好，做了什麼好吃的都會分一份給她，她早就想要回贈禮物表示感謝了。

只是要是特地去買禮物，又顯得過於隆重，好像把一切都算得清清楚楚一樣，很容易造成誤會，像今天這樣，去逛街時剛好見到好吃的東西，順手買一份回家送禮，就很合適了。

「市集上有賣蜂蜜，聽說這蜂蜜很好，我就買一罐回來了。」

「太好了，家裡的蜂蜜剛好吃完了，謝謝妳啊！」

玫瑰姨打開蓋子聞著蜂蜜氣味，又用指尖沾了點嚐嚐，滿意地眯起眼睛。

「這蜂蜜好香，味道也很純，好久沒吃到這麼好的蜂蜜了，肯定很貴吧？」

「還好，他們正好在做促銷活動，沒花多少錢。」池丹錦笑著回道。

幾個人閒聊了幾句，池丹錦就向他們道別，走上二樓去了。

回到房間前，她特地看了一下木桃的房門，確認她在不在。

木桃沒有關門的習慣，不管在不在房間裡，房門都是敞開的。

房間裡沒人，木桃還沒回家，池丹錦心底的一堆話也只好先悶著，轉頭收拾了衣服，去浴室洗澡。

池丹錦一直等到入睡前，木桃都沒有回來，她猜想，或許木桃也跑去支援了？

她站在窗邊，看著一直遮蓋著的窗簾，沉默了幾秒後，「刷」地拉開了它。

窗外，月明星稀，清風徐徐，城市的街燈照亮黑夜，遠方的車流川流不息。

在這一片盛世繁華的景象中，池丹錦能見到有灰色、黑色的影子穿梭於光影之中，也能見到靈魂對著街上的行人指指點點，笑得歡快。

她看了好一會兒，又緩緩地拉上窗簾。

向來緊閉的窗簾，這次被她留了一條縫，讓外頭的月光和燈光能夠映入。

關了房間的大燈，池丹錦躺在床上卻沒有一點睡意。

她的腦中一直縈繞著兩個問題——

如果她跟去了，現在會是怎麼樣？

如果她是他們的一員，那未來會是什麼模樣？

04

大概是心裡想著事，池丹錦睡的迷迷糊糊，做了好多個怪夢。

她夢見，林百福穿梭在黑影之中，大殺四方。

她夢見，林百福拉了幾名受傷的成員往外走。

她夢見，木桃抬手一揮，美麗的桃花花瓣紛飛，抵擋住了黑霧的侵蝕。

她夢見，鳳老闆手上捧著一具小小的骸骨，身上的紅光與骸骨交融，最後化為美麗又神聖的鳳凰飛上天際。

她還夢見，林百福跟木桃還有上次遇見的紅色巨繭，一起開開心心的跳著「極樂淨土」。

林百福化著嬌媚的妝容，穿著貼身的短旗袍顯露出結實的胸肌、二頭肌和健壯的雙腿，舞姿專業又柔媚。

她被跳著妖嬈舞蹈的女裝壯漢林百福給嚇醒了。

坐在床上，池丹錦抹了一把臉。

「原來是夢……」

她拍拍臉頰，拍去殘餘的睡意。

「還好是夢。」

雖然夢中的林百福打扮很好看，跳舞的姿態很專業，很有女人的韻味，可是她還是習慣他穿著簡單的T恤、休閒褲的模樣。

盥洗後，她走出房間準備買早餐，正巧見到木桃坐在客廳的沙發處，手裡拿著一個便當正在吃著。

「回來啦？」池丹錦眼睛一亮，連忙走到木桃身旁，試探地問：「昨天林百福跑去做支援任務，妳也是去救人了嗎？」

「對，艋舺那裡出了問題，一群人被困在裡面！剛剛才忙完，餓死我了！」

木桃一邊說話、一邊吃著豐盛的早餐，進食的速度飛快。

「妳吃慢一點，喝點湯。」池丹錦有點擔心她會噎到。

「嗯嗯嗯……」

木桃塞了滿嘴的飯，含糊地應聲。

「我也給妳帶了早餐。」

嚥下嘴裡的飯，木桃指了紙放在桌上的另一袋食物，「高麗菜肉包、豆漿跟珍珠奶茶，都是救援現場發的，不用錢。」

救援是耗時費力的事情，現場都會準備一些吃的讓救援團隊補充體力。

包子已經涼了，反正現在是夏天，池丹錦也懶得再去熱包子，就這麼配著豆漿吃了。

直到兩人吃完早餐，先前中斷的談話才又繼續。

「巡界人經常有支援任務嗎？」池丹錦好奇地問道。

「多啊！每年大概有一、兩千件吧！」

「這麼多？」池丹錦難以置信的驚呼，又確認再問一次，「我是說『支援任務』，不是平常的任務。」

「沒錯，就是支援任務。」

木桃反問她，「阿福有跟妳說過巡界人的工作內容嗎？」

「有。」池丹錦點頭回道：「他說巡界人就是巡視陰陽兩界的界壁，確定界壁沒有出現破洞或是損壞，再來就是巡邏街上，看看有沒有詭譎或是惡鬼……」

「說得沒錯！這些是我們巡界人的主要工作項目，在這些工作以外，就是支援任務了。」

木桃開始對她介紹巡界人的其他工作內容。

「結界部門的人在修補破損界壁時，我們要在旁邊打下手，協助修復或是其他工作。」

「戰鬥部門在跟詭譎或惡鬼戰鬥時，我們也要幫忙維持周邊秩序，做一些後勤的支援工作。」

「一些節慶活動，像是媽祖遶境、中元普渡、燈會這些，人流多，鬼魂、詭譎也會大量聚集，氣場混亂，我們也需要經常去活動現場巡視，或是直接在那裡守到活動結束……」

「還有像昨天那種，有普通人誤入特殊環境，被困在裡面出不來，我們巡界人也要負責將人救出，要是連自己也陷在裡面，那就要召喚更多巡界人和其他兄弟單位支援了。」

「對了！過幾天就是農曆七月一日，開鬼門的時間，整個七月巡界人會變得很忙、很忙、很忙！」

木桃一連說了三個「忙」，來表示他們真的「很忙」！

「整個七月，我們不僅巡邏量翻倍，還要注意那些來到陽世探親、渡假的亡魂，要關注他們沒有逃跑或是滯留人間的舉動，要盯著他們不讓他們惹事生非……」

一想起七月的忙亂情況，木桃眼前就一片黑暗。

「那些亡魂是經過地府核准，來到陽世間探親遊玩的，所以我們也不能對他們太嚴厲，看到他們有一些不規矩的動作，像是跑到別人家裡玩、折騰自家後代子孫；對一些看不順眼的人吹陰氣、惡作劇；纏著路人討要冥錢，我們也只能口頭上警告……」

就連神明也要睜一隻眼、閉一隻眼，在農曆七月放假休息，廟宇在這個月份也只會舉辦中元普渡法會，其餘事務都暫停處理。

而在七月「撞客」的人，也必須忍到鬼門關之後，才能到廟宇請求神明或法師幫忙。

——撞客的意思是指：撞見死人之靈魂或禍祟邪氣、穢毒邪氣等，造成突發昏迷、神志不清、言語錯亂、生病等情況。

「如果妳想要多接一些任務賺錢，農曆七月絕對是妳會喜歡的月份，工作量多到爆炸！」

「差不多十年前吧，有一位巡界人創下了任務最多、收入最高的紀錄！一個月賺兩百一十七萬！」

木桃說出一個讓人震驚的金額。

「兩百一十七？他怎麼辦到的？」

「那位巡界人十五歲就入行了，家裡是低收入戶，不過因為有自己的房子，所以沒有補助可以拿。外婆靠著撿紙箱、寶特瓶、在菜市場打零工養六個孫子孫女，那孩子排行老三……」

他的母親是個戀愛腦，交過十幾任男友，結過婚也離過兩次婚，前前後後生了六個孩子，她自己管生不管養，把孩子扔給鄉下的外婆照顧，自己在城市裡當酒店小姐混日子，有錢的時候就匯點生活費，沒錢的時候就不聞不問。

幸好外婆性格好，對六個孩子很照顧，辛辛苦苦、省吃儉用的將他們拉拔長大。

「他專挑最危險、錢最多的任務接，整個月幾乎不眠不休的工作，加上全勤獎金、加班費、工作表現出色的獎勵金，全部加起來就這麼多了……」

說起那位狠人前輩，木桃也只有「佩服」兩個字可以形容。

「那位前輩現在還在嗎？」

「他被地府挖角啦！現在是地府那邊的『走陰差』。」

「他……去世了？」

池丹錦只關注了「陰差」二字，以為對方死後在地府工作，不清楚「走陰差」這個詞。

「不是去世，是走、陰、差。」木桃加重了後面三個字的語氣。

「走陰差？」

「陽世的活人在地府工作，這就叫走陰差，又叫做『活陰差』。」木桃進一步解釋道。

「還有這種的啊？」池丹錦覺得自己開了眼界。

「有啊，地府的工作量大，很缺人，不過陰差的工作相當危險，要負責拘拿鬼怪、跟邪魔、詭譎戰鬥，傷退率很大，差不多幾年就會對外招考一次。」

「當陰差那麼危險，那位前輩還跳槽？」

「錢多嘛！地府的走陰差工資很高，完成任務還有獎金能拿，福利好、賺得比巡界人多，還能積陰德給自己和家人，他會跳槽也很正常。」

「積陰德？」

「對，在地府當走陰差能夠積攢陰德，死後到了地府，也能夠得到比較好的待遇。聽說在地府當差屆滿十年，就能擁有自己一套房產，地府的房產可貴了！雖然地府面積寬廣，可是歷朝歷代累積下來的鬼也多，像酆都城這種首都，房價都要上億冥紙起跳，鄉下地區的房子便宜一些，但也要上千萬……」

「那個轉職的巡界人，不只在陽世買了兩棟房子，他在酆都城旁邊的次級城市還買了一棟自帶寬廣院子的五層樓透天厝！」

別看那是次級城市，緊鄰地府首都旁邊的城市能算是普普通通的小城市嗎？

那裡的房價就算比酆都低一些，也是要好幾千萬啊！

想著那名轉職陰差的成就，木桃有些羨慕的感慨一句。

「要不是我不符合地府的招收標準，我也想去考地府公務員。」

「……」池丹錦眨眨眼，說真的，聽到地府公務員標準，她也真是心動了。

只是一想到平常看見的那些腸穿肚破、面色忽青忽黑忽白、斷手斷腳斷頭的鬼魂，這點心動又立刻被打消了。

雖然想要賺錢，但是還是要量力而為啊……

第六章　林百福的生日宴

01

池丹錦還想著，到了農曆七月鬼門開時，她要待在家裡不出門，這也是她以往一貫的習慣。

沒有見過那種場景的人，永遠不會理解池丹錦對這一天的恐懼。

鬼門開當天，群鬼從鬼門關中走出，鬼潮洶湧、放眼望去滿滿都是亡魂，活人和鬼影交錯重疊，還有亡魂會搶奪活人正在吃的食物！

試想一下，當你埋頭吃著便當，旁邊卻有一隻看不見的手，正往你的便當中抓取飯菜，這景象有多麼驚人！

所以在農曆七月這個月份，池丹錦都是能夠不出門就不出門，就算必須外出採買物品，那也絕對會選擇白天，時間最好是正中午，亡魂們都躲到陰影處避開豔陽，不用擔心走著走著不小心撞到不該撞的存在。

而晚上是亡魂們遊玩的熱門時段，打死她也不會外出！她在網路上買了一堆泡麵、冷凍食品、罐頭、餅乾等保存期長的食品，準備囤上一個月的貨。

在貨物送達，她下樓收貨時，玫瑰姨叫住了她。

「小錦啊，明天晚上，我們要幫阿福慶生，我還找了木桃跟阿福的同事，妳也一起來啊！」

「他明天生日嗎？」池丹錦訝異了，林百福從沒跟她提過這件事。

「其實他的生日是農曆七月一日啦！不過這天……大家都很忙，所以我們家都是提前幫他慶生。」玫瑰姨掩飾地笑笑，笑容裡帶著點苦澀。

玫瑰姨不說，池丹錦也知道她隱去的話語是什麼。

有些人對鬼月、鬼門開的觀感不太好，他們甚至將這樣的想法帶到在農曆七月出生的孩子身上，認為鬼月出生的孩子命不好，尤其是在農曆七月一日誕生的孩子，更是被貼上諸多負面標籤。

有些迷信的人認為，在這天出生的孩子是「不詳」的，有些長輩會討厭、忌憚這天出生的孩子，家裡一有壞事發生就會認為是孩子帶來的厄運！

為什麼池丹錦知道的這麼清楚？

因為她以前有一位鄰居兼小學同學是在農曆七月初七誕生，他的家裡有些親戚和長輩相當迷信，從小到大對他始終沒有好臉色，對他說話尖酸刻薄，還要自家孩子不要靠近他、免得因為他遭遇厄運。

從那位同學的親戚身上，池丹錦見識到了一個人說話可以有多惡毒，人心能夠有多壞！

幸好那位同學的父母不信這些，也不愛跟那些親戚長輩往來，察覺到他們在背後說閒話並且對孩子有很大的惡意以後，就直接轉學搬家，再也不跟那些人聯繫。

那些人不但沒反省自己，還更加誇張地說起那家人的壞話，並舉證歷歷的說自己家就是因為他們而遭遇了多少倒楣事。

池丹錦很想跟他們說，他們之所以遭遇霉運，是因為他們自己不修口德，是因為他們心性扭曲、見不得別人好。

每一次他們說別人閒話和壞話時，身上縈繞的因果業障就會增加幾分，他們的運勢也就會壞上幾分，根本就是自作自受。

再者，農曆七月七日是乞巧節，是象徵美好的七夕情人節，是個很好的日子，哪裡不好了？

就算是農曆七月一日出生，那同樣也是個好日子。

只要是在父母期待中誕生的，都是美好的！

池丹錦覺得，以玫瑰姨和萬能叔對林百福的親近，他們肯定不會介意他的生日，而會讓他們這麼欲言又止，甚至將慶生的日子提前，肯定是一些親戚或是三姑六婆說了不好聽的話。

想到林百福也是在閒言碎語中成長的，池丹錦對他就多了一些同情，還有幾分屬於「同類」的感同身受。

池丹錦不是在鬼月誕生，但是因為她從小就能看見詭譎和鬼魅，言行舉止不同於一般孩子，旁人對她自然也多了一些懷著惡意的閒言閒語。

「你們要舉行慶生宴會嗎？我的廚藝不好，不過我可以幫忙布置！」池丹錦毛遂自薦地說道。

「不是什麼正式的生日宴會，就是一群人一起吃飯。」

見池丹錦主動要幫忙，玫瑰姨顯得更加高興了。

「我們還請了木桃跟阿福的朋友，還有幾個跟他交情好的同事會過來，不過人數不確定，他們都很忙，有的晚上要上夜班……」

玫瑰姨叨叨絮絮地說著生日會的安排，雖然只是家庭聚會，沒打算大辦，但是她還是細心規劃了不少菜色。

「阿福喜歡吃肉，我在隔壁街的那間港式燒臘店訂了一隻烤雞、一隻燒鵝和兩條脆皮燒肉，他們家的燒肉可好吃了！要是去晚一點就賣完了！」

「阿福愛吃滷味張的滷牛肉，我跟老闆訂了五斤！」

「對了，小錦有喜歡吃的菜嗎？」玫瑰姨突然提問。

「啊？我都可以。」

「蕃茄炒蛋妳喜歡嗎？我打算做蕃茄炒蛋、涼拌蘆筍、絲瓜炒蛤蜊、炒高麗菜、煎豆腐、高麗菜捲、炸杏鮑菇、炸薯條、炸玉米，再煮個玉米紅蘿蔔排骨湯……」

「喜歡，這些菜我都喜歡。」

「妳跟我家阿福的口味差不多耶！很好、很好……」玫瑰姨笑得眉眼彎彎，非常開心。

「生日要吃豬腳麵線，我打算燉一鍋豬腳……」

「之前的生日蛋糕都是買的，今年我打算自己做！阿福不喜歡太甜，我打算做抹茶蛋糕……」

也是因為做蛋糕耗費的時間太多，所以生日宴的菜色才會有一部分是買來的，不然玫瑰姨會親自包辦所有菜色，煮出一桌子的豐盛大餐！

聽完玫瑰姨對生日宴的計畫，池丹錦跟她約定好時間，準備在宴會當天前來幫玫瑰姨的忙。

將採購的食物搬上二樓後，池丹錦一邊將食物放置收納，一邊想著該買什麼禮物送給林百福。

林百福是教導她的前輩，又是她認可的「朋友」，他的生日禮物當然要好好挑選。

02

在生日宴這天，池丹錦早早就到樓下幫忙。

萬能叔跟玫瑰姨待在廚房，玫瑰姨正按照製作蛋糕的需求，將麵粉、糖稱重分裝，萬能叔在水槽處刷洗豬蹄，林百福在福緣金香舖看店，不在家裡。

她快步走進廚房，笑著問道：「有什麼我可以幫忙的嗎？」

「小錦，妳來得正好，幫我打三顆蛋，蛋黃跟蛋白分開，我要蛋黃。」

玫瑰姨正在攪拌抹茶糊，手裡不得空閒。

「好。」

等池丹錦將蛋黃倒入抹茶糊後，玫瑰姨又讓她將麵粉過篩，加入混合了蛋黃的抹茶糊裡頭。

之後，玫瑰姨讓池丹錦拿著電動攪拌器，開始打發蛋白。

「打到有大氣泡出現的時候，加入檸檬汁跟三分之一的砂糖，然後繼續打……」

玫瑰姨一邊攪拌抹茶蛋黃糊，一邊關注池丹錦的動作。

「等到氣泡都變小了，再加入三分之一的砂糖，之後打到蛋白變得綿密有紋路了，再把剩下的砂糖都倒進去……」

結束手上的攪拌工作，玫瑰姨來到池丹錦身旁，觀看她打發蛋白。

「哎呀！妳做的真好！蛋白打得很漂亮！」

池丹錦有些不好意思的笑笑，她知道玫瑰姨是在鼓勵她，換成別人，拿著電動打蛋器同樣能打出漂亮的蛋白霜。

接下來，玫瑰姨開始將蛋白霜跟蛋黃抹茶糊攪拌混合。

等到蛋糕送進烤箱烤製時，這場忙碌還沒停止。

爐灶邊的萬能叔，已經將豬腳清洗並且川燙好了，就等著玫瑰姨大展身手。

玫瑰姨將蔥段、薑、蒜、辣椒片、八角、紅蔥末、醬油、砂糖等物依序放入鍋中炒製，炒製出味了，再將這些材料和豬腳放入要用來燉煮的壓力鍋中，加入白胡椒、五香粉、酒和氣泡水……

「氣泡水可以軟化肉質，讓肉吃起來更軟嫩，這招我是從網路上學的……」

玫瑰姨一邊烹飪、一邊將小秘訣告訴池丹錦。

「豬腳的味道重，妳洗豬腳的時候要用麵粉洗，麵粉可以去血水、去腥味，洗完後豬腳會很乾淨……」

「豬腳川燙後，要浸泡在冷水裡面，這樣豬腳皮才會Q彈，之後要用鋼刷刷它的皮和一些髒的地方，這樣才會洗得乾淨！」

「調味料是看個人的口味，有些人不放五香粉、放桂皮；酒也是，有些人用米酒，有些人喜歡用紹興酒，還有人會放蠔油……」

池丹錦興致勃勃地聽著，雖然她以後不見得會煮這些菜，但是這種家常的氣氛讓她覺得很溫馨。

她很早就搬出家裡獨自租屋居住了，這也就造成她的母親沒有時間教她這些知識，很多日常生活的知識、人際往來的方式都是她自己摸索、自己上網查詢得來的。

池丹錦上有哥哥、下有妹妹，夾在中間的孩子向來會是父母忽略的對象，再加上池丹錦的體質特殊，造成她有很多事情都需要忌諱，不能像尋常孩子一樣黏在父母親身邊。

舉個最簡單的例子：親戚家要辦喜事，父母要帶著孩子去吃喜酒，這種場合，池丹錦就沒辦法跟去。

因為喜宴上，結婚新人的祖先會現身圍觀。

要是池丹錦在喜宴上見到這一幕，說出什麼不該說的話，整個氣氛就會被她破壞了。

所以在這種日子，池丹錦只會留守家裡，看著父母帶著哥哥和妹妹出門。

其實池丹錦不在乎參不參加喜宴，只是那種無法參與家庭活動，跟家人、同學都格格不入的感覺，讓她感到很孤單。

玫瑰姨的聲音打斷池丹錦的思緒，讓她回神。

「好啦！接下來滷上半小時就行了！」

玫瑰姨蓋上鍋蓋，完成滷豬蹄的最後一道手續。

忙完蛋糕和滷豬蹄，時間也來到了中午。

「中午要吃什麼？」玫瑰姨問道。

「妳都忙了一天了，中午這頓就不要煮了。」萬能叔先一步下決定，「看是要吃飯還是吃麵，我叫阿福去買！」

「他今天生日。」玫瑰姨不滿地拍了自家老公一下。

「生日又怎麼樣？」萬能叔瞪著眼，不滿的反駁：「他是妳辛辛苦苦生下來的，哪有當媽的辛苦幫兒子慶生，兒子什麼都不用做的道理？說吧！要吃什麼？」

玫瑰姨被丈夫說服了。

「吃涼麵吧！天氣這麼熱，沒什麼胃口，阿娥做的涼麵和泡菜很好吃，再切點滷菜……小錦呢？要吃什麼？」

「我也要涼麵，再加一碗餛飩湯。」池丹錦笑著回道。

阿娥和她丈夫開的「老馬麵店」就在隔壁街，開幕期間池丹錦跟著玫瑰姨去過一回，老馬麵店使用的麵是手工麵，湯是花時間熬的骨頭湯，滷味和小菜也都是精心製作，味道很好。

池丹錦品嚐過後就成了他們家的常客，一星期會有三、四天會去買他們家的麵食。

其實比起麵食，池丹錦更喜歡米飯，不過一個人獨居，一切自然以方便快速為主，煮飯還要再炒一、兩樣菜搭配，一人份的菜又不好抓分量，總是會剩下一些。

煮麵就簡單多了，一碗湯麵，一顆蛋、幾片肉、一把青菜或是切一些蔥花，就能飽足一頓，還不會有太多剩餘。

吃過午餐後，幾個人歇息一會，又開始繼續忙碌。

萬能叔跟林百福先去將玫瑰姨訂購的燒雞、燒鵝等菜色取回，之後開始整理客廳，進行生日宴會的布置。

池丹錦跟玫瑰姨在廚房，為已經冷卻的生日蛋糕進行裝飾。

兩人一邊閒聊、一邊切水果，用水果和奶油裝飾蛋糕，並時不時撿起一塊水果的邊角料吃掉，氣氛融洽和諧。

而客廳的氣氛就不是這樣了，時不時傳來父子倆的說話聲。

「……把桌子搬到這裡來，你那邊再過去一點。」

萬能叔跟兒子搬著戶外流水席會使用的紅色大圓桌，將它放到客廳中央處。

雖然不清楚林百福的朋友會有幾個人過來，但是按照往例，坐滿一桌是沒問題的。

兩人將桌子擦乾淨，鋪上塑膠桌巾，椅子先不放置，免得占空間，等到生日宴開始的時候再拿椅子就行了。

「阿福，你去把花放到花瓶裡。」

林百福應了一聲，將花瓶洗乾淨、裝了水，然後拆開花束的包裝，整束花直接放進花瓶裡。

「阿福，你好歹也把花喬一喬，弄好看一點！」萬能叔滿是嫌棄的吐槽。

「這樣就很好看了啊……」

花店在包裝花束的時候，就已經將花朵整理過了，在林百福看來，這束花根本不用再次整理。

「嘖！你真的是我生的嗎？怎麼審美這麼差呢？」

「不然你來？」林百福不服氣地回嘴。

「我來就我來！」

萬能叔來到花瓶處，將花朵調整一番，還將其中幾枝鮮花做了修剪，讓花束看起來更有層次感。

「看！這樣不是更好看了嗎？」

「都差不多啊……」林百福看來看去，並不覺得有什麼差別。

「嘖！你以後交了女朋友，千萬不要幫她買口紅、挑衣服！你那眼光還是別去禍害人了！噢！不對，你這樣能不能交到女朋友還是個問題！」

「……」

林百福不滿的嘟囔一聲，聲音不大，廚房裡頭的玫瑰姨和池丹錦都沒聽清楚。

「阿福跟他爸就是這樣，都這麼大了，還像孩子一樣喜歡鬥嘴。」

玫瑰姨嘴上嫌棄，眼底卻是滿滿的笑意。

「他們的感情真好。」

池丹錦覺得這對父子相處的模式很有趣，互動的感覺像是感情很好的損友。

「阿福他爸經常嫌棄阿福，其實可疼他了。」

「我懷孕的時候，家裡的經濟不是很好，但是不管我想吃什麼東西，萬能都會盡力弄來給我吃。」

「生孩子的時候……」

玫瑰姨像是想起什麼不愉快的事，笑容收斂了一些。

「孩子出生以後，他到處跟醫生護士打聽對孕婦好的補品，不管東西多貴，只要是對我跟孩子身體好的，都會買給我吃。」

「阿福的生日……」玫瑰姨有些艱澀的停頓一下，「其實當初我們沒有想那麼多，醫院的紀錄都是國曆生日，沒人特地去翻農曆……」

「後來有親戚說，阿福是在鬼月出生，又是鬼門開的那天，陰氣重、命格不好，說他的人生會有九十九坎……嗤！九十九關？他以為是去西天取經啊？」

當時各種閒言碎語都有，個個都說得很難聽，像是把世上所有惡意都澆灌在一個孩子上頭。

「還有人說，阿福前世可能是殺了很多人的大惡人，殺氣重，才會在這天出生。

也有說他是來跟我們討債的……」

玫瑰姨說著說著，眼眶跟著紅了起來，淚水在眼底打轉。

「我那時候聽到這些話，真的好生氣！有一段時間，我每天都抱著孩子哭，有時候很想拿一把刀去找他們理論……」

池丹錦拍了拍玫瑰姨的背部安撫，她可以想像，那時候的玫瑰姨，應該是被那些人害的得了產後憂鬱症。

「他們怎麼那麼壞啊？阿福才剛出生，他還那麼小，他們怎麼可以詛咒他？」

「我們跟他們無冤無仇，雖然說是親戚，其實平常也沒有來往，他們怎麼就那麼見不得人家好？非要這樣詛咒一個孩子？」

「後來萬能給孩子取名字的時候，就給孩子取了『百福』，『百』是百無禁忌的百，『福』是福氣綿延的福。」

「他說，那些人說孩子有九十九坎，那我就給孩子一百種福氣，讓他渡過所有難關！」

提到孩子名字誕生的由來，玫瑰姨的情緒漸漸好轉，臉上的笑容重現。

「我們去找了算命師，請他看看孩子的名字跟生辰搭不搭，算命師誇獎我們很會取名字，他說孩子的命格很好，跟名字很搭配，他還說我家阿福是有大福氣的，前世肯定是有修行的大善人……」

「算命師還說，一個人的命運好壞跟是不是在七月出生無關，而且七月出生也不是就不好。」

「三官大帝的地官誕辰就是七月十五中元節，那天可是神明的生日，你能說他不好嗎？還有七夕情人節，那天也是好日子啊！」

「我覺得算命師說得對，我們阿福就是有福氣的，從小到大都是健健康康、沒生過病，孝順又聽話……」

玫瑰姨眉開眼笑的誇獎了自己的孩子一通，而後又嘆了一口氣。

「現在我唯一擔心的就是他的姻緣了。」

「阿福他長得好看，個性也好，可是怎麼就沒有女朋友呢？」

「人家弘毅從高中就開始交女朋友……對了，妳沒見過弘毅對吧？」

「沒有。」池丹錦搖頭。

「弘毅是阿明跟阿娥的大兒子，我們是老鄰居了。」

「他跟阿福同年出生，小學到高中都是同一間學校、同一個班級，從小玩到大。後來弘毅唸了外地的大學，就只有放假回家時才會過來，不過兩個人的感情還是很好，每年阿福過生日，他都會過來參加……」

玫瑰姨將裝飾好的蛋糕放進冰箱時，像是像起什麼，開口說道。

「他現在的工作還是阿福介紹的呢！聽說是在後勤部門上班。」

「欸？」

阿福介紹的工作？

難道對方是異管局或是神巡攝影的成員？

03

晚上六點，林百福的朋友陸陸續續地抵達。

「福哥！生日快樂！玫瑰姨、萬能叔，好久不見，你們兩個怎麼越活越年輕了，氣色看起來好好！」

「福爺，生日快樂啊！」身材有些豐腴的小胖子笑得眉眼彎彎，「這是我跟阿凱合送的生日禮物，阿凱要加班，沒辦法過來，托我跟你說一聲生日快樂，祝你福如東海、壽比南山！」

「謝謝，進來坐吧！」

林百福招呼對方坐在沙發上休息。

「要喝什麼？」

「我自己來、我自己來！你去招呼別人吧！」

剛坐在沙發上的小胖子迅速蹦起，自己跑到飲水機的位置倒茶喝。

「玫瑰姨，我帶了一本筆記給妳。」戴著眼鏡的高個子青年拿出一本手抄的筆記，「這是我以前學廚時的心得，前段時間整理的時候，我重新抄寫了一本。」

「謝謝、謝謝！這禮物真是太好了！謝謝你！」

玫瑰姨開心地收下筆記本，又招呼著青年坐下歇息，又接著去招呼新到來的客人。

「玫瑰姐、萬能哥，我帶了水果過來，要放哪裡？」

身材高大壯碩的中年人推著一輛推車進門，推車上放著好幾大箱的水果。

「客戶送了一堆水果禮盒給我們，我吃不完，帶一些給你們。」

「老周啊，你怎麼每次都帶東西過來，這樣多不好意思……」

「這些東西又不用錢！」老周毫不在意地笑道：「最近是水果盛產季，客戶送了好多水果到我們運輸部，都可以拿去開店賣了！吃完一批又送來一批，每天吃都吃不完！我們現在看到水果都怕了！」

萬能叔跟中年人一起將水果搬到廚房，玫瑰姨跟了進去，從中挑選幾樣，洗洗切切，做成水果盤端出來宴客。

池丹錦注意到，林百福的朋友都跟玫瑰姨和萬能叔熟識，他們跟林百福打過招呼後就會去找兩位長輩聊天，還會帶禮物給他們，親暱的就像是一家人。

「萬能叔、玫瑰姨，我來啦！你們有沒有想我啊？」

笑容爽朗、蜜色肌膚的青年提著幾個大袋子進門，人還沒出現，歡快的聲音就傳入眾人耳中。

「福哥，生日快樂！」

「弘毅，你怎麼曬得這麼黑啊？」玫瑰姨驚訝看著他。

「最近都在跑外勤，夏天太陽大，就曬黑了。」

馬弘毅笑了笑，隨手抽出一個袋子遞給玫瑰姨。

「玫瑰姨，這個給妳！」

沒等玫瑰姨詢問，馬弘毅就自動往下介紹道。

「我跑外勤的時候，認識一位老字號的中藥舖老闆，老闆他們祖上是御醫，專門負責後宮妃子的美容保養。」

「這組玉容膏就是妃子最喜歡的保養品，養顏美容、除皺去斑，不管是平常的保養或是敷臉、泡澡都可以用！玉容膏是用中藥跟蜂蜜、珍珠粉製作的，效用溫和，各種膚質都合適……」

馬弘毅像是推銷員一樣的巴啦巴啦介紹完以後，又拿起另一個袋子遞給萬能叔。

「萬能叔，這養生酒也是那間中藥舖的明星產品，泡酒的藥材都是品質很好的上等藥材，那些藥材都是他們自家藥園出產，從收成到炮製到釀酒，全部都是手工製作，因為產量有限，他們每年只賣一百組養生酒，而且只賣給熟客，不熟的客人花再多錢也買不到！」

「我是因為公司長期跟他們訂購，是很熟悉的老顧客了，對方看在公司的分上，才願意賣我兩組，我留了一組在家，給我爸媽喝，一組送你們。」

「這酒這麼好，你就留給你爸喝。」

「我爸那邊有留了。」馬弘毅硬將養生酒塞給萬能叔，「這養生酒就是睡前喝一小杯，不能喝多，差不多一兩的量。」

「一兩的量，這也沒多少。」

「夠了夠了，老闆跟我說，這酒再好也不能天天喝，喝完一組就要換別的東西補養身體。我算過了，一組的酒差不多可以喝三個月，接下來我換別種藥酒給他……」

「萬能叔，你就別跟我推了，我爸出事以後都是你們在照顧我們家，麵店那邊你們也幫了不少忙，我真的很感謝你們。」

「我們兩家的長輩都要健康長壽，這樣我跟阿福才能安心的在外打拚……」

馬弘毅把話都說到這分上了，原本覺得這養生酒太過珍貴，想讓他留給家人喝的萬能叔，也只能道謝收下了。

六點半，參加生日宴的人差不多都到齊了，玫瑰姨和池丹錦將料理端上桌，招呼著眾人吃飯。

在林家，用餐時間就是交流時間，餐桌上沒有什麼「食不語」的規矩，大家說說笑笑，交流著彼此的近況，用餐氣氛相當融洽。

池丹錦原本還有些擔心自己會不適應這樣的場合，畢竟所有前來慶生的賓客中，她只認識木桃一人。

但在玫瑰姨和木桃的引導介紹後，她也漸漸融入談話之中，雖然大多數時間都是聽著他們交談，她只是偶爾插話、附和一兩句，卻也比她原本以為的，只能默默地吃飯，無法融入生日宴氛圍的情況要好上很多。

用餐過後，眾人幫忙收拾餐桌、清洗餐具，而後一部分的人告辭離開，一部分的人坐在客廳閒聊。

馬弘毅也是留下的一員。

「弘毅啊，我聽說你打算調回來這裡工作？」萬能叔問道。

「對，我之前就提出申請轉職了，主管也同意了，這星期都在做工作交接，過幾天我就搬回來了。」

「那就好！這樣你放假時還可以去麵館幫忙。」

「對啊，我也是這麼想的。」馬弘毅笑嘻嘻點頭附和，「雖然我爸現在復健的不錯，但是提水、搬菜這些重活他還是沒辦法做，我媽的力氣雖然夠，但是她也有年紀了，他們又不肯請人幫忙，說現在的客人不多，他們兩個就能應付，真的是……」

馬弘毅無奈地搖頭。

現在麵館只做中午的生意，營業到下午兩點就會收攤，雖然營業時間不長，但是事前準備和事後收拾的工作卻不少，對兩位上了年紀的長輩來說，還是相當吃力的。

他能夠理解兩人想要省錢的心理，但是身為兒子，他覺得父母的身體最重要，花點錢聘僱幫手才是最好的選擇。

「我現在轉成外勤，上班時間很自由，中午可以先去麵館幫忙，下午休息，晚上再出門去工作。」

馬弘毅早就將往後的工作行程都規劃好了。

「晚上要工作到多晚？」玫瑰姨關心地詢問。

「大概十一、二點吧！要是遇到加班，可能要到兩、三點。」

「這樣你會很累。」玫瑰姨不贊同地皺眉，「麵館那邊還有我們可以幫忙，你就正常上班，不然要是把身體搞壞了怎麼辦？」

別看馬弘毅把行程說得很寬鬆，實際開過餐飲店的都知道，雖然是中午開店營業，卻是要一大早就要起來買菜、備菜，以及進行各種營業前的準備。

尤其他們麵館的湯頭是自己熬的骨頭湯，還有販賣自家滷的滷味，骨頭湯的熬煮、滷味的清洗和滷製花費的時間可不少，算上這些時間，馬弘毅一天的睡眠時間或許不到四小時。

短時間這麼做還行，要是長期睡眠不足，對身體肯定會有危害。

「玫瑰姨，妳放心，我都安排好了！」馬弘毅笑著安撫道：「我跟一位專門賣生鮮食材的老闆約好了，店裡用的麵、蛋、骨頭、滷味材料這些都跟他買，他每天早上派人送貨到店裡，這樣我媽他們也就不用一早起來買菜。」

「那家店的食材品質都很好，是跟我們公司長期合作的，他們家的肉類和滷味食材都是直接從屠宰場進貨，當天現殺、現洗、現賣，品質好而且新鮮乾淨，拿回家可以直接下鍋煮！」

「我還買了兩個高壓鍋跟快速爐熬骨頭湯，可以節省不少時間！我本來還想直接買滷好的滷味來賣，不過我媽堅持要自己滷……」

「我還請了一個專門負責洗碗盤和打掃的阿姨，這樣我爸媽他們就可以空開手，專門負責招呼客人跟煮東西，不用那麼辛苦……」

扣除掉這幾樣，省下來的時間足夠馬弘毅休息了。

聽完馬弘毅的規劃，玫瑰姨也就安心了。

04

農曆六月二十九日，這天晚上的十一點十五分過後，就是農曆七月一日，鬼門開。

按照慣例，這一天池丹錦會待在家裡，還會早早上床睡覺，盡量避免跟亡靈有所接觸。

可是在木桃詢問她要不要跟他們去看鬼門開的景象時，本來應該拒絕的她，莫名同意了。

「妳不是很害怕嗎？怎麼還想去看？」林百福走在她身邊，納悶地詢問。

「就……好奇。」

池丹錦不安地抓著安全帶，又摸了摸手上的雷擊木手串，心底其實也有點想要退縮，可是她要是在這時候退縮了，以後大概就再也提不起勇氣了。

「不用那麼緊張，他們只是到陽世度假探親，不是來危害世間的。」林百福安撫著她。

「嗯。」池丹錦僵硬地回了一個笑，只是忐忑的情緒依舊沒有舒緩。

見狀，林百福也不多說。

反正到了現場，看見鬼門開的場景，她就會知道情況沒有她想像的那麼嚴重了。

現在是晚上十點四十分，他們開車來到台北車站附近的停車場，停好車子以後，林百福領著她朝著台北車站的方向走去。

池丹錦緊緊地跟在林百福身旁，不敢離得太遠。

雖然已經是深夜時分，這裡還是有不少通勤的人潮和車潮，完全沒有深夜時分應該會有的寧靜。

林百福沒有帶著她往車站裡走，而是直接停在車站外的空地。

「我們站在這裡做什麼？」

「等。」

「等？」

「等鬼門開。」

林百福看了一眼時間，現在離十一點還有三分鐘。

「為什麼是十一點開門？不是十二點？」

按照現代人的思維，過了晚上十二點才算是「隔天」啊！

「開門時間是按照古代的時辰計算。古代認為，子時初是一天之始。」頓了頓，林百福怕池丹錦不清楚時辰的劃分，又補充一句。

「子時是晚上十一點到半夜一點。」

「原來是這樣……」

池丹錦確實不了解這些事情，她以往只研究該如何解決自己對於詭譎的吸引力，以及增加對抗詭譎的能力，其他的東西她沒心思關注。

子時一到，地面突然冒出濃厚的白霧，霧氣約莫有半人高，一扇恢宏而古樸莊嚴的巨大石門從濃霧中拔地而起。

石門高聳入天、宏偉莊嚴，門上有銅饕造型的獸面門環，獸面猙獰，看起來威武無比。

銅饕咧著尖牙的嘴裡咬著兩個圓環，一條粗壯的鎖鏈自門環中穿過，將門扉牢牢鎖住。

「開鬼門……」

宏亮又悠遠的聲音像是自天外而來，又彷彿是從鬼門裡頭傳出。

「喀！哐哐哐哐……」

鎖鏈自動解開掉落，厚重的石質門扉緩緩開啟。

石門打開以後，首先出現的是公車造型的巨大車輛，石門上空還有無數的飛舟跟飛船飛出，等到這些交通工具都離開後，才會輪到步行的亡魂走出鬼門。

「還有船跟車子啊？我還以為是自己走出來……」池丹錦好奇地觀看著。

「有些亡魂的住處較遠，住山上、住海邊或是陽世車輛難以通行的地方，就需要搭乘地府的交通工具。」林百福解釋道。

「搭乘飛船這些需要什麼資格嗎？」

「買船票、車票就行了。」

「沒錢買票的就只能自己走？」

林百福古怪的看她一眼，回道：「離家近的當然是自己走，家裡比較遠的就進車站搭火車、搭捷運……」

「欸？跟人一起搭嗎？他們不是會飛嗎？用飛的不是比較快？」

似乎是因為緊張的關係，池丹錦的話比平常還多，而且是沒有思考就脫口而出，完全不用腦。

要是她能用幾分理智思考一下，就會記得，她經常在公車和捷運上看見靈魂。鬼魂搭乘大眾運輸工具，其實很常見。

「用飛的會累，還不如搭車方便，還比較快。」

林百福看出她的緊張，耐著性子回覆她的問題。

這樣的說法跟池丹錦想像中有些不同，但又是合乎常理的。

「亡魂其實跟活人沒有什麼太大的差別，他們同樣要吃飯睡覺，同樣要工作賺錢，被打了同樣會受傷、會死，真要說有什麼不一樣……」

林百福停頓幾秒，思考了一下。

「他們不需要上廁所，睡眠時間也不多，挺方便的。」

「……」

林百福的感想讓池丹錦愣了一下，也刷新了她對於地府的認知。

「在地府還要工作賺錢？不是有親人會燒紙錢給他們嗎？」

「逢年過節才燒一點，那點錢哪裡夠用？而且現在一堆地方都在禁燒紙錢，都在宣傳『心意到了就好』，亡者們要是不自己賺錢，早就餓死了。」

林百福撇了撇嘴，對所謂「心意」的說法很不以為然。

「亡者收這些紙錢確實是在收『心意』，他們收的是陽世親人對他們的懷念，以及希望他們收到紙錢香燭後，可以在地府過上好日子的祝福，這些意念可以滋養亡者的靈魂，紙錢其實只是一個媒介。」

「靈魂是由能量和意念構成，鬼魂活動時會消耗能量，所以需要吃東西補充能量，要是能量匱乏，他們就會消散。」

林百福看著走出鬼門關的亡魂，語氣平靜地說道，神情顯得有些淡漠。

「為了環保不燒紙錢，我認可這樣的理念，但是在做出這些規劃的同時，也需要提供一個新的媒介，把陽世親人對亡者的祝福送到地府，不然亡者沒辦法得到陽世親人的供養。」

「收不到親人的供養，亡者想要存活，就只能靠自己工作賺錢，採買有能量的食物補充，不然他們就會死。」

亡魂們都已經死過一次了，卻還要因為能量匱乏，再度「餓死」一次，實在是很可悲。

「靈魂餓死以後……」池丹錦遲疑地問。

「就消失了。」林百福接口回道：「徹徹底底的消失。」

「我之前看過一個民間故事，說是鬼死了以後還會變成另一種存在？」

因為記憶有些模糊，又是在網路上看見的資訊，池丹錦也不確定那是真實記載還是網友胡亂編造的。

「鬼死了以後變聻，聻死之後就變成希夷，這是以前的說法，不過現在沒有了。」林百福解釋道：「聻和希夷是因為人們的信仰而存在的，當眾人的認知中只有鬼，不存在聻和希夷以後，他們也就不存在了。」

「神明也一樣，要是人們漸漸遺忘某位神明，那祂也就會消失。」

「在古時，世人認為天地眾生有萬萬神，到了現代，就只剩下最有名氣、跟凡人生活息息相關的神明留存，其他的神明都消失了。」

「例如？」

「青蛙神、蝗神、鴨神、鵝神、蠶神、牛神……當時的人認為，每一個生物族群都有掌管牠們的神靈存在，甚至還會建造小廟供奉祂。」

「感覺好神奇，這些神我只聽說過蝗神。」

蝗神的由來，是她閒暇時刷手機看古代小說，裡頭出現蝗蟲災害，村民紛紛祭拜蝗神這才得知的。

「噢！還有犬神！」池丹錦又想起一位動物神，「二郎神君的好搭檔哮天犬！」

這是她以前在某齣電視劇上看到的，劇中的二郎神君只是配角，劇情她已經不記得了，只記得演員的古裝扮相很好看，劇中二郎神君跟哮天犬的感情很好。

「很多人認為鬼神之事是虛假的，都是自己的心理作用，那些得道修士都是神棍騙子，認為應該要『眼見為憑』……」

「其實現在就算是親眼看見的也不能保證是真的了。」池丹錦笑著回道：「你看過ＡＩ虛擬主播嗎？那做的跟真的一樣，就像是真人錄製！」

當初看見虛擬主播時，她真是難以想像，那麼栩栩如生的存在，竟然是ＡＩ！

「去年清明節的時候，我媽買了一種像鈔票的紙錢，上面寫天地銀行，金額有一億。我媽說，怕紙錢燒太少，祖先們不夠用，燒那種紙錢只需要燒一張就能送一億過去，不需要像燒紙錢一樣，燒一大捆……那種錢地府真的能用嗎？還是那只是玩具鈔，地府不收？」

池丹錦對這一點相當好奇。

「當然不可能真的有一億，這樣地府早就通貨膨脹了。」林百福笑道：「那種紙錢其實跟『觀想法』有關。」

「觀想法？」

「中元普渡的時候，一些廟宇都會準備水果、食物、冥錢、紙衣等東西，要送給亡魂，可是亡魂的數量相當多，那一點供品根本不夠用，而廟方又不可能真的按照亡靈的數量準備供品，這時候主祭的法師就會用觀想法，將供品一化十、十化百、百化千、千化萬，化成千千萬萬送給亡魂。」

「觀想就是，在腦海中想像供品的數量不斷增加，將意念化成供品，分給亡魂們。」

「妳說的億元鈔票類似這種模式。」

「燒紙鈔的人看著上頭寫的金額，腦中就會出現『燒了很多錢給祖先』的想像，這些意念會隨著紙鈔送進地府，讓亡者收到較多的錢。」

但也只是「比較多」而已，不至於真的拿到一億元，除非燒紙鈔的人觀想意念特別強大。

看完了鬼門開，林百福開車送池丹錦回家，而他自己卻需要再巡邏幾圈才能休息。

下了車，池丹錦站在車邊看著生日當天卻還要工作的林百福，突然喊住了他。

「生日快樂。」池丹錦笑盈盈地祝福道。

林百福沒料到會在這時候收到生日祝福，愣了一下，而後笑著道謝。

「祝你工作順利、平安無事。」池丹錦看了一眼他戴在脖子上的無事牌項鍊。

因為時間太短，池丹錦找不到合適的生日禮物，便決定在先前開盲盒的收藏——雷擊木手串和無事牌項鍊中選擇一個。

為此，她特地徵詢了木桃的建議。

木桃說，林百福本身的戰鬥力強大，雷擊木的保護力還不夠他一個拳頭的威力，送他雷擊木實在是浪費了。

她讓池丹錦將手串留下護身，送無事牌給林百福。

木桃告訴她，鬼月要到了，他們這段時間會特別、特別、特別忙，會遇到非常、非常、非常多的意外事件，送無事牌給林百福，就是祝福他在這個月份能夠平安無事、順順利利度過，不要忙成狗！

池丹錦同情化身暴怒社畜的木桃，將無事牌當成生日禮物送給林百福。

現在林百福正戴著她送的無事牌項鍊。

收到池丹錦的祝福，林百福摸了摸無事牌項鍊，笑了。

「謝謝妳送的生日禮物。」

這份意外的祝福，讓他因為半夜還得巡邏的鬱悶散去不少。

第七章　農曆七月的亡魂百態

01

鬼門開後，池丹錦減少了外出次數，但是也不再像以往那樣，將窗簾、門戶緊閉，還將電視、電腦打開，試圖用綜藝節目的歡樂聲音掩蓋一切。

現在的她，依舊會將電腦打開，播放最吵鬧的綜藝節目，而後自己躲在窗邊，將窗戶打開，又把窗簾拉開一道小縫，躲在窗簾後，透過縫隙觀察外面街道的景象。

她看見有幾個亡者進了附近的住處，那是受到後人祭拜、被邀請進家門的祖先。

去掉這一部分的亡者，還有不少靈魂在路上遊蕩。

他們都是家裡斷了傳承、斷了香火、失去供奉的孤魂野鬼。

像這樣的亡魂，就只能等著中元普渡那天，去廟宇或是有祭拜的人家享用節日供奉。

亡魂沒有得到生者的同意，不能進入生者家裡。

但是也有例外。

下雨天，生者撐著傘外出，回家時，有些人會在進屋後才將傘收起，那麼躲在生者傘下避雨的鬼，也能跟著生者進門。

所以遇到下雨的時候，就要先在屋外將傘收起，而後甩一甩傘，一是甩去傘面上的雨水，二是將鬼魂甩出來。

還有一種情況是遇到不守規矩的鬼魂，對方不會管你有沒有同意，擅自闖進家裡。

池丹錦就遇過這種的。

無視池丹錦的抗拒，硬要跟著她回家，池丹錦跟對方糾纏了好久，還跑去廟宇繞了幾圈，這才將對方甩開。

木桃告訴她，在林百福家中不用擔心這種事，因為林百福在鬼界的「兇名」顯赫，一般鬼魂都會自動繞道走。

要是池丹錦外出，遇到死纏爛打的鬼，非要跟著她回家，她可以直接將對方打出去，要是打不贏，就通知林百福或她來應付。

相處這麼久，池丹錦也猜出木桃應該是修行者，畢竟她從沒刻意遮掩過。

向她請教增強自己力量的事，木桃的回答跟林百福差不多，都是讓她自己研究、自己琢磨。

「那是妳的天賦，別人教不了妳，就只有妳自己知道該怎麼做。」

想起木桃說的話，池丹錦嘆了口氣。

這段時間，她自己試過不少方法，琢磨過不少方式，雖然依舊沒有成果，但是至少她現在知道她的力量是「唯心」的，是可以受到她的想法操控的，在研究上有了小小的進展。

她舉起雙手，食指和拇指豎直，其他三指握拳，雙手的食指和拇指交叉相觸，框出一個攝影師取景時的長方框。

靜心凝神，想像手指構成的框是相機的取景框。

不一會兒，池丹錦便感受到能量匯聚到手上，她的手正發著微微金光。

只是之後不管怎麼嘗試，她都不能像使用相機那樣，將鬼怪攝入金光之中封印住。

池丹錦移動雙手，將手指長方框對準了馬路，目光也透過長方框看去。

只見，前方不遠處有幾名亡者坐在屋簷的陰影處高談闊論，吹噓自己生前各種傑出事蹟。

有些亡者沿著道路行走，一邊欣賞陽世風景、一邊緬懷著過往。

也有些亡者性格活潑調皮，他們朝著路人扯臉皮、吐舌頭、張牙舞爪地嚇唬，只是生者看不見、也觸碰不到他們，最後他們只能自討沒趣、悻悻然地散開。

池丹錦還見到幾名女性亡魂羨慕盯著服裝店的櫥窗，又滿懷遺憾地摸摸身上的舊衣裳。

在古時，家境好的人家，會在送葬時燒幾套衣服以及生活用品給亡者，到了現代，許多人喜歡一切從簡，於是到了地府的亡者就只剩下入棺時穿在身上的那套衣裳。

在地府，衣裳也是會老舊破爛的。

有些家庭會在三大祭祖節日燒「九品衣」給亡者替換，但是大多數人連九品衣是什麼都不清楚。

九品衣又叫做「九品福衣」，用印著符文的紙張摺成，要給亡者穿的衣服。

一組九品衣會有九套同款式但不同顏色的服裝，外加九雙鞋子，但是因為各地習俗不同，所以也會出現九套衣服加一雙鞋，或是衣服上多了領帶、感覺偏現代的九品衣。

整個上午，池丹錦就窩在窗邊觀察著亡魂們的動態。

到了中午，亡魂們紛紛躲到陰影處休息，街上乾乾淨淨、空無一魂。

亡魂可以在白天出現，但是他們不喜歡太陽，尤其是正午時分的豔陽。

對亡魂們來說，中午時段的太陽就像是生者在沙漠中被烈陽曝曬的感受差不多，多曬一會兒就會有中暑、生病甚至是死亡（灰飛煙滅）的情況。

尤其夏季的太陽更加毒辣，就連生者都受不了，更何況是陰屬性能量聚合體的亡魂？

觀察幾天後，池丹錦對於亡魂的恐懼漸漸消失，若是不看亡魂們的外表，其實他們跟一般人也沒什麼兩樣。

放下心中的恐懼後，池丹錦也從偷偷地躲在窗簾後邊觀察，變成大大方方地拉開窗簾，坐在窗口觀看。

外出買東西時，她也沒有以前的小心翼翼，恨不得把自己包成木乃伊的模樣。

這一天，池丹錦跑去老馬麵店吃午餐，原本老馬麵店的料理就有一定水準，換了食材進貨商後，他們家的食物更好吃了，客人也變得更多了。

池丹錦刻意錯過用餐高峰期，過了十二點半才去老馬麵店，結果店內竟然還有人排著隊！

還好那些人都是買涼麵、滷味這種不需要再烹煮的食物，不然她肯定要等更久。

等到她吃完午餐，時間已經是下午一點多了。

回家途中，她意外看見一名十歲左右的小孩亡魂在街上遊蕩。

小孩穿著畫有動漫圖案的白色T恤和寬鬆的灰色休閒褲，腳下是一雙藍白相間的球鞋，頭上戴著一頂棒球帽，打扮得很時尚。

這個孩子她已經見過好幾回，他像是在找尋什麼，這幾天總是一直在附近的街道徘徊。

正中午的陰影處不多，無法遮蔽整條馬路，小孩被迫在陽光和陰影之間穿梭，每每曬到太陽時，他的身體就會瑟縮著顫抖，像是被太陽灼傷了一樣。

池丹錦還注意到，孩子的身形比最初見到他時還要稀薄，彷彿下一瞬間就會消失。

這孩子是怎麼回事？

池丹錦皺著眉頭，忍不住加快腳步，撐著遮陽傘朝他走去。

當她將小孩遮在遮陽傘的陰影下時，才意識到自己做了什麼，可是做都做了，現在躲避也來不及了。

「謝謝，姊姊。」

小孩抬起頭，小臉蒼白，聲音虛弱地道謝。

見到小孩這麼乖，原本還有幾分後悔的池丹錦，現在也只剩下對孩子的憐憫。

「天氣這麼熱，你怎麼不躲起來休息？」

「我在找我家。」

站在遮陽傘的陰影下，小孩的狀態好了些許，他往旁邊避了避，試圖離池丹錦帶著雷擊木手串的手遠一些。

見狀，池丹錦直接將手串取下，放入遠離孩子的口袋裡。

小孩這麼虛弱，要是不小心碰上了雷擊木手串，說不定就會受傷，她可不希望見到這種慘事發生。

有了衣物遮掩，雷擊木手串發散的能量減弱幾分，小孩臉上的緊張和害怕也變淡一些。

「你不記得你住在哪裡了嗎？」

「記得，可是家裡不一樣了，爸爸媽媽搬家了。」

小孩扁著嘴，一副快要哭出來的模樣。

「姊姊，妳可以幫我找我的爸爸媽媽嗎？」

「呃……」

池丹錦很想說她沒辦法，畢竟她只是剛搬來不久，人生地不熟，要怎麼在茫茫大海中找人？

可是看小孩可憐兮兮的模樣，她又不忍心拒絕。

「你……你跟我過來，我找人幫你。」

雖然想要幫助小孩，但是池丹錦也不可能將他帶回住處，所以她領著小孩往神巡攝影的方向走去。

神巡攝影既然是異管局旗下的分公司，那麼公司內的人肯定也都不簡單，肯定能夠找到幫助小孩的人。

02

池丹錦在神巡攝影工作了一段時間，雖然出現在公司的次數不多，但也算是認識了幾個人。

前台負責接洽客人和電話的沈姊見到她領著一個小孩亡魂進門，大感訝異。

「丹錦？妳怎麼過來了？這孩子是？他怎麼這麼虛弱？你們遇到什麼事了嗎？」

嘴裡問出一連串的問題，沈姊反應迅速地從抽屜裡拿出一枚氣泡錠泡水，端著水杯走出櫃台，來到一人一魂面前。

「來，先喝這個。」

她帶著小孩到待客的沙發區坐下，並將水杯塞入小孩手中。

小孩沒想到自己可以碰觸到水杯，愣了一下後才乖巧地道謝。

「謝謝，姊姊。」

「叫我沈阿姨。」

沈姊笑著摸摸他的腦袋，她的年紀都能當小孩的祖奶奶了，讓他叫阿姨已經算是占了便宜了。

「謝謝沈阿姨。」小孩乖乖重複道。

「沈姊，這孩子是我在街上遇到的，他想要回家找家人，可是他們家好像搬家了……」

池丹錦說出她遇見小孩的經過。

「原來是這樣……」沈姊憐惜地摸摸孩子的頭，「現在的人都忘了規矩，以為搬家的時候將祖先跟亡者的牌位帶去新家就行，其實在搬家前，他們要跟家裡的祖先和亡者稟報，告訴他們新家的地址，到了新家，牌位安置好以後還要再稟報一次，這樣亡魂返家時才不會找錯地方。」

「還有這樣的步驟啊？」池丹錦頗感意外。

「現在很多習俗都沒了。」

沈姊無奈地道，頓了頓，她又狀似不解地問。

「我就搞不懂了，很多人都說他沒學過、不知道還有這樣的習俗，但是這也不用學吧？」

「你搬家的時候，難道不用通知親朋好友？祖先也一樣啊，你要搬家，要帶走他們的牌位，當然也要說一聲啊，這還需要學嗎？」

「可能是想著，我有把牌位帶到新家，祖先就會自己過來了。」池丹錦訕訕地回道。

「嗤！我把妳家搬走，什麼都不跟妳說，妳能找到妳家被我搬到哪裡去？難道牌位還有裝導航？」

「大概是沒想到吧……」

「確實是沒想到。」沈姊神情淡淡地回了句。

至於是沒想到要通知，還是沒想到也要將亡者當成普通人看待，那就見仁見智了。

小孩專心地喝著氣泡水，他在地府也吃過東西，但是吃的都是簡單的飯菜，像是汽水這種飲料已經很久沒有喝過了。

氣泡水酸酸甜甜、帶著碳酸氣泡，喝起來跟果汁汽水有點像，讓許久沒有喝過飲料的他滿足地瞇起雙眼。

隨著氣泡水喝下，小男孩的身形也越發凝實，不像之前，好像風一吹就會散開一樣。

「喝完了。」

小男孩將空杯子放在面前的桌子上，仰著小腦袋，期盼地看著沈姊。

「阿姨，妳能幫我找爸爸、媽媽嗎？」

「你記得爸爸、媽媽的名字和家裡的地址嗎？」沈姊微笑著問道。

「記得！我爸爸叫方東臨、媽媽叫楊新喻，我叫做方煜廷！我家的地址是……」

小孩顯然將自家資料背的很好，不僅是父母親的名字和家裡的地址和電話都說了，還將爺爺奶奶、外公外婆的名字、電話和地址，以及父母親的公司和職業都背了出來。

「小廷好棒，阿姨現在就叫人去找。」

沈姊拿出手機，將小孩剛才說的資料輸入，發給幾個小組，請他們幫忙尋找。

緊接著，她又起身去拿了一瓶奶茶、一塊草莓奶油小蛋糕和幾包小孩子愛吃的零嘴。

「來，光喝氣泡水不夠，你損失了那麼多陰氣，要吃點東西才能補回來。」

沈姊將奶茶、蛋糕和零食都推到小孩面前，把桌面堆放滿滿的。

「蛋糕跟奶茶都是今天早上買的，這家店的奶茶跟草莓蛋糕非常好吃，一大早就有人排隊等著買，我中午十一點半去買的時候，草莓蛋糕就只剩下三個。」

「謝謝阿姨。」

小孩子顯然是餓了，他在道謝後，隨即端起蛋糕開吃。

一口蛋糕、一口奶茶，小孩吃得眼睛都瞇了起來，顯然相當滿足。

小孩資料給得詳細，查找的人很快就找到他父母的新家地址。

等小孩吃完蛋糕和奶茶，沈姊幫他將還沒拆開的零食全都放進小書包裡。

「這些帶回去慢慢吃。」

「好，謝謝沈阿姨。」

小孩背上書包，原地蹦了幾下，臉上洋溢著即將見到家人的喜悅。

前來送孩子回家的是林百福，這讓池丹錦感到相當意外。

「怎麼是你？你不是很忙嗎？」

「他的新家就在菜市場另一邊的新社區，送完他之後我正好回家。」

林百福招呼著池丹錦和小孩上車，兩人都坐在後座。

根據調查出的結果，小孩的父母親雖然搬了家，卻也沒有搬遠，跟原本的住處只離了幾公里。

不到十分鐘的車程就抵達小孩的新家。

今天是假日，小孩的父母都在家裡，不用上班。

說是新社區，其實這裡的房屋年齡少說也有十幾、二十年，並不是剛建好的全新住宅，只是跟林百福他家那個區域的老房子相比，這裡確實比較「新」。

「到了，那棟三層樓的獨棟房屋，門牌號碼七十三號就是你家了。」

林百福將小孩的新家指給他看。

「謝謝叔叔。」

小孩緊張地拉著書包的帶子，開了車門準備下車。

現在已經是下午三點多，雖然氣候依舊炎熱，但是太陽已經沒有中午那麼曬了。

小孩在神巡攝影吃了一堆東西，又喝了補充能量的氣泡水，身形凝實許多，完全不怕這時候的陽光。

見小孩下了車，邁步朝自家走去，而林百福卻穩穩地坐在車上，沒有下車的想法，池丹錦訝異的瞪大眼。

「你不陪他回家嗎？」

「他們家沒門神。」

「這跟門神有什麼關係？」

「門神會攔住外來的亡魂，不讓他進門。」

池丹錦完全沒想到這一點，只是覺得不應該放小孩一個人回家。

「就算沒有門神，你也應該陪他回家啊！」

「怎麼陪？」林百福挑眉反問：「其他人看不見孩子，我要是下車跑去人家門口走一圈，說不定會被以為有什麼企圖，跑去他家踩點的。」

林百福雖然長得不錯看，但是因為氣勢凶悍，導致很多人見了他就往混混方面猜想，以前經常被誤解，久而久之也就習慣了。

「那、那就讓他這麼回去？他家人又看不見他，你不應該跟他家人說說孩子的情況嗎？」

池丹錦還以為，林百福會陪著孩子回家，並且跟孩子的父母說明經過。

「要怎麼說？妳跑去人家家裡跟對方說，因為你們搬家沒有告訴孩子，你家孩子差點找不到路回家？」

「對啊！」

「妳信不信，妳這麼說了以後，人家會把妳當成瘋子，要不就是把妳當成騙子？」

「那、那就沒有別的辦法嗎？」

池丹錦皺著眉頭，對孩子的遭遇感到心疼。

他可是一直在找回家的路，找得自己都差點魂飛魄散了！

小小一個孩子吃了這麼多苦頭，難道就不該跟父母說說，讓他們知道孩子多麼辛苦嗎？

「地府有託夢程序，不過申請到實行也要時間……」林百福無奈撓撓頭，「算了，我讓阿毅跑一趟，帶孩子託夢給他的父母吧！」

「他不是後勤嗎？還能帶人託夢？」

「阿毅雖然是後勤部，但他也是陰差，該有的職責、權限他都有。」

林百福拿出手機，傳訊息給馬弘毅，幾分鐘後，馬弘毅直接打電話過來了。

經由通話了解事情經過後，馬弘毅爽快地將事情攬下，打包票保證，絕對會讓孩子跟他的父母在夢中相聚，並且會在夢裡給他的父母上一堂知識課，讓孩子以後不會受委屈。

03

楊新喻恍惚地看著周圍的擺設，廚房裡傳來咕嚕咕嚕的食物燉煮聲響，沙發上擺著布偶和孩子的玩具，玻璃矮桌上放著孩子最愛吃的零嘴，恍惚間，彷彿還能聽到孩子放學回家對她的叫喚聲。

這裡是她之前住的舊房子。

大兒子方煜廷在校門口遭遇車禍去世後，她有一段時間完全出不了門。出門看見柏油路就讓她想起那天小廷鮮血淋漓地倒在路上的模樣，殷紅的鮮血從那小小的身軀流出，染紅了她的衣服和小孩的臉龐。

她恨透了那個酒駕害死兒子的人。

她也恨透了自己。

為什麼那天她要忙著煮飯，沒去接孩子呢？

就算那頓飯是為了幫丈夫慶生，想給他一個驚喜；就算小學就在自家斜對面，走路不用五分鐘，她也應該去接孩子的。

她應該要去接孩子的。

這樣的話，要是車子撞過來，她還能為孩子擋一擋。

即使事情已經過去三年多，她還是心痛如絞。

後來她又懷孕了，為了讓她脫離悲傷，有一個良好的養胎環境，在討論過後，他們搬到了新家。

新家的位置離舊家不遠，隔兩條街就是公公、婆婆的住處，彼此也算有個照應。

「新喻……」

丈夫不知何時出現，抱住了正在流淚的她。

「爸爸、媽媽！」

突然間，他們想念的大兒子從門口跑進來，像以往一樣，笑嘻嘻地抱住兩人。

「小廷，媽媽好想你……」

楊新喻抱著孩子忍不住痛哭失聲，丈夫也跟著紅了眼眶。

「爸爸、媽媽，你們不要哭。」小孩拍著父母的背部安撫，「你們給我的東西我都收到了，你們看，皮卡丘的書包，還有衣服……你們看，好不好看？」

小孩在父母面前轉圈，展示著身上的衣服和書包。

「好看、好看，小廷穿什麼都好看！」

「小廷最帥了。」

父母親連連點頭誇讚。

等一家三口情緒平穩以後，馬弘毅這才微笑著現身。

「兩位好，我是帶小廷回家的陰差，有幾件事情要跟你們說明一下……」

「陰差？」

「是的。這次我受託帶小廷向你們託夢。因為你們搬了新家，沒有跟小廷說，他回家時找不到家……」

馬弘毅將事情經過說了一遍，聽到自己的孩子在舊家的街道徘徊，差點被太陽曬得灰飛煙滅時，父母親又是一陣痛哭。

「對不起，是爸爸、媽媽不好，忘記跟小廷說，對不起……」

「小廷，我的乖寶貝，你現在還疼不疼？」

母親緊張地查看孩子的身體，害怕孩子出現損傷。

「爸爸、媽媽，我沒事。」小孩乖乖地讓母親檢查，嘴裡安撫道：「沈阿姨給我喝好喝的水，我喝了水以後身體很舒服，都不會痛了。沈阿姨人很好，給我吃了蛋糕、奶茶，還給我好幾包餅乾……」

「小錦姊姊跟阿福叔叔也很好，姊姊幫我找爸爸媽媽，叔叔開車載我回家。」

「那你有沒有謝謝姊姊跟叔叔啊？」

「有！」

「小廷好乖。」

媽媽開心地摸摸孩子的腦袋。

「抱歉，我們不清楚這些事情，沒想到搬家還要跟孩子說……」一旁的爸爸抹了把臉，滿臉愧疚。

「沒事，現在很多習俗都失傳了，有些長輩也不一定懂。」馬弘毅不以為意笑笑，「我這趟過來，就是來跟你們說一些這方面的注意事項。」

「好、好，麻煩您了。」

「亡魂在地府也是要吃飯、睡覺和生活的，我們地府對孩子有相關的保護措施，會將沒有父母、祖先、長輩照顧的孩子安置在慈幼院，照顧他們的起居生活。」

「他的爺爺奶奶、外公外婆依舊健在，再往上一輩的祖先雖然也待在地府，但是因為孩子跟他們不熟，不肯讓對方養育，而且長輩們的生活條件也不怎麼好，所以我們就將他安頓在慈幼院。」

馬弘毅簡單說明著他調查到的情況。

「孩子的祭日、清明節、中元普渡、重陽節和過年這四個日子，你們可以準備供品、紙錢和九品衣、經衣、蓮花這些東西給孩子……」

「請問我們該怎麼做？在家裡祭拜就好還是去孩子的……」

「清明節是一定要去墓園、寶塔那裡祭拜的，其他節日在家裡祭拜就行了。」

「小廷住的寶塔不讓人燒紙錢。」媽媽立刻想起寶塔的規矩。

「沒關係，你們可以在家門口燒錢給他，燒之前先在紙上寫上孩子的姓名、八字、往生日，以及你要燒給他的東西明細，像是冥紙多少個、衣服幾件、蓮花幾個這樣。」

「紙要用什麼紙？」

「一般的白紙就行了。」

「那這張紙要先燒還是等所有東西都燒完再燒？」

「先燒。你可以將它當成是取貨通知單或是物品的證明文件，東西到了地府，人家一看這單子就知道這些東西是有主的，就不會來搶。」

「還會搶啊？」

「當然會。這就像是你走在路上，看見有一袋錢放在那裡，上面也沒有寫主人的名字，難道你不想拿嗎？底下缺供奉的亡魂可不少……」

「我還以為燒了以後會直接送到小廷手上……」

「這就像是你寄東西，你要是在包裹上寫了收件人的姓名、地址，他當然可以收到，如果你什麼都沒有寫，送貨的人也不知道你要給誰啊……」

「之前我燒了一堆東西給小廷，都沒有寫名字，小廷他不就都沒有收到？」媽媽臉色發白地喃喃低語。

「沒關係，我們現在知道了，以後小廷就能收到東西了。」

方爸爸摟著老婆安慰，小孩也抱著媽媽，希望能讓媽媽感覺好過一些。

「如果妳想要補償孩子，七月份是最好的時間。」馬弘毅寬慰道。

「該怎麼做？」媽媽著急地詢問。

「七月份是他們的假期，所有沒有犯事、沒有被懲罰的亡魂都會回到家中，你們可以在牌位前放他喜歡吃的食物和零嘴、飲料……」

「每天都要放嗎？還是……」

「可以每天放，也可以幾天放一次，或是農曆初一、十五日和月底這三天放……」

「對了，初一、十五跟月底這三天，是一定要準備供品和冥紙祭拜祖先的，不能漏掉。」

「七月十五，中元普渡這天是地官生日，地官在三官大帝中負責『赦罪』，也就是赦免你前世今生的罪責，身上背負的因果罪業越少，亡魂在地府就過得越好，往後投胎也能投個好人家、過上好日子，不管是對亡魂或是對生者來說，都是很好的節日。」

「不清楚中元普渡流程，或是居住的地方不能進行普渡活動的，可以參加廟宇的普渡法會，透過廟宇為孩子祈福……」

「基於很多現代人對於一些習俗禮儀都不清楚，而且很多習俗也都隨著時代更改了，地府特別印製了相關的宣導手冊，我帶了一本給你們……」

馬弘毅拿出一本小冊子遞給他們。

「好了，我也該走了。」

「等等！」

「嗚哇……」

兩人想要叫住馬弘毅，卻被響亮的嬰兒啼哭聲驚醒。

醒來時，夫妻倆半瞇著眼、精神狀態還處於迷糊狀態，身體卻嫻熟地動了起來。

一個抱起嚎啕大哭的孩子安撫，一個打開奶粉罐、沖泡奶粉給孩子喝。

等到孩子抱著奶瓶安靜地窩在母親懷抱中時，此時的時間也不過是凌晨五點多。

「老公，我剛剛夢見小廷了。」

楊新喻摸了摸臉，發現臉上有淚痕殘留。

「我也夢見了，還有一個陰差……」

「所以……那不是夢？」

夫妻兩人驚愕地對望。

「陰差給了我一本小冊子……」

丈夫環顧四周，在床鋪周圍找來找去，真被他在枕頭旁邊找到一本小冊子！

「還真的有？」

看著封面寫著「傳統習俗宣導手冊」幾個字的小冊子，夫妻兩人瞬間起了雞皮疙瘩。

「是真的！小廷真的回家了！」楊新喻忍不住抱著小兒子痛哭失聲。

「這是好事，別哭了，不然小廷又要擔心了。」丈夫嘴上雖是這麼說，卻也是不斷落淚。

「對對，不能哭。」楊新喻迅速抹去眼淚，「我等一下就去買小廷喜歡吃的飲料跟餅乾給他。」

「我看看這上面寫什麼，有沒有什麼禁忌……」

丈夫翻開小冊子，開始專心研讀。

「小孩的爸媽對他的感情很深，一看見孩子就立刻哭了……」

04

完成託夢的任務後，馬弘毅樂呵呵地向林百福說道。

林百福一邊聽、一邊指導池丹錦摺紙。

此時是晚上七點多，他們三人都待在福緣金香舖裡顧店，而萬能叔則是跟老婆一起去看電影了。

「摺好了！」

池丹錦高興地將摺好的甲馬遞給林百福查看。

林百福檢查一番後，笑著誇讚。

「很不錯，妳的力量有融入甲馬裡頭，這匹馬成功了。」

「真的嗎？」池丹錦大感意外，「我還以為要失敗很多次才會成功。」

「妳本身具有特殊力量，學習能力也不錯，成功機率自然比較高。」林百福實事求是回道。

「那也是阿福老師教得好。」

池丹錦回誇了一句後，隨即拿起新紙準備繼續摺。

林百福跟她說了，農曆七月是最忙碌的時間，不只陰差忙碌，作為代步工具的甲馬更是供不應求，地府的收購足足翻了一倍！要賺錢就要趁現在！

雖然說，池丹錦這種新手做出的甲馬售價不能跟林百福的相比，不過就算一隻甲馬只賣五百元，那也是賺大了！

「咦？小錦摺的甲馬怎麼好像有點不一樣？」

馬弘毅坐在一旁喝飲料，手裡拿著池丹錦摺的甲馬觀察。

他在後勤部收購過不少甲馬，上手一摸，這甲馬用的是什麼紙、摺紙的人手藝好不好，裡頭融入的精神力是多或少，他一眼就能看出來！

「不一樣嗎？」池丹錦不安看向林百福。

她摺的甲馬可是要賣給地府的，要是採購員認為甲馬的品質不行，不收貨的話，她不就白忙一場？

「只是力量不一樣，甲馬還是能用。」林百福給了她一顆定心丸。

「這隻甲馬可以讓我試用看看嗎？」馬弘毅禮貌地詢問。

「好啊！我也很想看看甲馬使用的情況！」池丹錦爽快答應。

她對於甲馬的使用過程也相當好奇。

「謝了！」

馬弘毅拿著甲馬，靠坐在椅子上，閉上眼睛靜止不動。

「他在做什麼？」

池丹錦看不懂他這番行為的用意，小聲地詢問林百福，向他尋求答案。

沒等林百福開口回答，馬弘毅身上突然出現一個淡薄的重影，而後這個跟馬弘毅長得一模一樣的身影從座位上站起身。

原來馬弘毅先前的動作是在「靈魂出竅」，將自己轉為陰差的身分。

「魂體才能使用甲馬。」林百福的解釋隨後到來。

「我懂了。」池丹錦點點頭，「所以他現在是要將甲馬拿去燒？」

要給地府的東西，要燒過以後他們才能使用，這點常識她還是懂的。

然而，林百福卻否認了。

「不用，我用的紙是特殊紙張，不用燒也能使用。」

馬弘毅也笑著接口說道：「如果要燒了才能用的話，遇到緊急事件就麻煩了。」

他拿著甲馬走出店外，站在街邊，將手上的甲馬朝空曠的地方拋出。

甲馬甫一落地，隨即變成高大的紙馬。

「欸？這就是甲馬啊？我還以為會變成真的馬……」

池丹錦好奇地上前碰觸，發現甲馬摸起來的手感跟紙張相似。

「唏哩哩……」

甲馬突然轉頭，用嘴唇親暱地觸碰她的手。

「啊！它、它會動！」

池丹錦被嚇了一跳，往後跳開一步。

「它當然會動，不然怎麼載著我們跑？」馬弘毅笑著回道。

「妳是製作出它的人，所以甲馬對妳會有親近感。」

「真神奇……」

池丹錦再度上前碰觸甲馬，甲馬也歡快地靠近她。

「妳摺的甲馬果然不一樣，自帶打光特效，簡直帥呆了！」

馬弘毅朝她豎起大拇指誇讚。

「什麼？」

池丹錦看著湊到身旁的甲馬，甲馬身上確實微微地發著光，就像是有光源打在它身上，讓馬身反射出光暈一樣。

「一般的甲馬不會發光嗎？」

「看情況。」馬弘毅上手檢查甲馬的狀況，隨口回道：「一些老師傅或是用特殊紙張製作的甲馬，也會發光。」

可是池丹錦又不是資深的手藝人，這甲馬用的紙雖然特別，卻也沒有自帶光芒的功效。

「我跟它出去轉一圈。」

說著，馬弘毅動作俐落、身形瀟灑地翻身上馬，那帥氣的姿勢、那流暢的上馬動作，堪比武俠片中瀟灑無比的大俠。

原以為馬弘毅出去溜馬肯定要花一段時間才會回來，沒想到甲馬才跑出去沒多久，就在街口的轉角處撞了人。

噢，不是人，是一名剛好拐彎出現的亡魂。

被撞上的亡魂連聲慘叫都來不及發出，就被一陣金光籠罩，光芒散去，高大的甲馬消失了，地上出現一張已經攤開的、紙面布滿摺痕的紙張。

紙上多出一個肖像畫，畫像栩栩如生，赫然就是剛才被甲馬撞上的亡魂！

因為甲馬消失而摔下來的馬弘毅，此時也顧不得其他，連忙將紙張撿起，快步跑回福緣金香舖。

「阿福，那甲馬還有封印亡魂的功能！」

馬弘毅興奮地將先前發生的事情說了一遍，又將紙張拿給林百福他們觀看。

只見帶著摺痕的紙張上出現一個水墨畫似的人形畫像，畫像的表情和姿勢，儼然就是那名亡魂被甲馬撞上時的狀態！

「這……要怎麼讓他出來啊？」池丹錦詢問道。

「不知道。」馬弘毅尷尬地撓撓頭，他也是第一次見到這種情況。

「一般來說，像這種封印的東西，只要被破壞了，它就會失去封印的作用。」

「所以要燒了嗎？」池丹錦下意識地說道。

「不能燒，要是把亡魂一併燒死怎麼辦？」馬弘毅立刻否決。

「撕開吧！」林百福給出了答案。

為了避免傷害到亡魂，他們特地從畫像的邊角處開撕，保證不會撕到魂體。紙張才撕開一個口子，亡魂隨即掉了出來。

「哎呀！哎呀！好疼啊！」亡魂坐在地上，雙手拍打著地面哀號，「我怎麼那麼倒楣啊！安分守己的走在路上竟然還被撞！有沒有天理啊！嗚嗚嗚我好命苦啊……」

池丹錦還是第一次見到這種亡魂賴皮打滾的畫面，好奇地躲在林百福身後觀望。

「行了，你又沒受傷，燒兩支紙錢賠償你。」

馬弘毅見慣了這樣的場面，開出了賠償金。

「兩支怎麼夠？二十支！」對方獅子大開口。

「二十？你想得美！三支！」馬弘毅稍微抬了價格，態度強硬。

「三支怎麼夠！我剛才可是嚇了好大一跳，以為自己就要死了！就算你是陰差，你也不能這麼過分啊！」

亡魂繼續討價還價，又是埋怨又是哭訴自己命運悲苦，生前過得坎坷，天生腿腳殘疾，受人歧視，死後兒孫不孝，竟然沒有供奉他，又說他雖然在地府勤勞做事，可是因為沒有學歷、也沒有一技之長，只能做些重活，錢賺得少，生活拮据云云。

「……上來以後，我搶吃的搶不過、搶錢也搶不贏，別魂都吃飽穿好還撈了一大筆錢，我什麼都沒有，嗚嗚嗚嗚我就是個廢物、廢物……」

亡魂拍打著自己的殘腿，哭號悽慘。

「行了、行了！給你六支，六支紙錢夠你把腿醫好了……」

馬弘毅明知道這些亡魂最會瞎扯，十句有八句都是鬼話連篇，卻還是忍不住心軟，又將賠償上漲一些。

「光是把腿醫好怎麼夠？我還要生活……」

亡魂眼底閃過貪婪，還想乘勝追擊，多討要一些。

「八支，再吵就沒了。」林百福抱著手臂，冷眼看著他。

林百福的話音如同一同冷水澆下，讓亡魂打了個冷顫，一溜煙地從地上爬起。

「謝謝、謝謝。幾位都是大好人，非常感謝你們！」亡魂恭恭敬敬鞠躬道謝，「祝你們生意興隆通四海，財源廣進客人來，招財進寶，五福臨門，春夏秋冬行好運，東南西北逢貴人……」

亡魂臉上擠出熱情洋溢的笑容，一連串的吉祥話脫口而出。

馬弘毅搖頭笑笑，走進福緣金香舖，拿了八支紙錢外加一疊經衣紙錢出來。

紙錢的面上貼著銀箔，故稱為銀錢，一支有四疊銀錢，分量不少。

而經衣紙錢則是一種長條形黃色草紙，紙上印著朱紅色的長方框，長方框被分成十格，格子裡頭印著剪刀、梳子、篦子（雙面梳）、鏡子、扇子等梳洗用具，以及上衣、裙子、褲子、靴子、束髮冠等衣物紋樣，是提供亡靈梳洗與更衣之用的紙錢。

將燒金紙的金桶放在靠近街道的一側，三人開始燒紙錢給亡魂。

亡魂激動又高興地咧嘴笑著，不斷在金桶周圍轉圈，嘴裡還不停地向他們道謝。

為了讓亡魂方便，他們還燒了一個紅紙袋給他，讓他裝錢

得了一大筆錢的亡魂，再度向他們一鞠躬後，立刻消失不見。

第八章　鬼月後的大清掃

01

「欸？不是說腿腳不好，走不快嗎？」池丹錦看著瞬間消失在街頭的亡魂，滿是訝異。

這樣的速度還叫走不快？那走得快又是什麼情況？用飛的？

「那種鬼說的話不能信。」馬弘毅不以為然回道。

「什麼叫做『那種鬼』？」池丹錦不明白。

「鬼的品行跟生前差不多，好人死後會變成好鬼，惡人死後變惡鬼。」

馬弘毅收拾著金桶，嘴裡不忘跟池丹錦解說。

「像剛才那種的，一看就知道生前是在社會上混的，見人說人話、見鬼說鬼話，十句有八句是假的，這種鬼就不能信。」

「他那樣的，你們不抓嗎？」池丹錦不明白了。

她這陣子惡補了地府相關的知識，知道地獄的規矩可是很嚴格的。

生前挑撥離間、誹謗害人、油嘴滑舌、說謊騙人的人，死後會被打入第一層的「拔舌地獄」，負責執行的小鬼會掰開受刑犯的嘴，用鐵鉗夾住舌頭，慢慢拉長，直到硬生生拔下來為止！

當時看到這樣的刑罰時，池丹錦還在心底吐槽，要是按照地府的規矩定罪，那些收錢黑人的網軍、愛說酸話的酸民跟喜歡造謠生事的人，肯定會把第一層地獄擠爆！

「確實已經擠爆了。」

馬弘毅想起地獄獄卒的加班慘況，很沒有同情心地笑了。

「現在地獄的負荷過重，一堆獄卒沒日沒夜的加班，一直向上級提出增加獄卒的請求，可是獄卒也不是說加人就加人，還是要經過考核和試用，所以上級就說要給他們漲薪水、三倍的加班費，讓獄卒們先撐一段時間，可是獄卒不同意，只要求增加人手。」

「還有人提出修改地獄法規，讓犯罪的生者得到現世報，減輕地府的負擔，不過這項法案還在討論……」

「現世報很好啊，為什麼不要？」池丹錦相當支持現世報。

她覺得，有現世報的存在的話，想做惡的人也會有所顧慮。

「聽過『蓋棺論定』嗎？」

馬弘毅雖然提問，卻也沒有要池丹錦回答的意思。

「地府的審判規則跟蓋棺論定一樣，『人一生的是非功過，要到死後才能清算。』，如果你在他還活著的時候，就讓他得了現世報，要是他因此悔過，開始行善積德，那自然最好，可是要是他因為現世報變得更加偏激，導致他做出更大的惡事，那該怎麼辦？這件事情的因果，該由誰來承擔？」

許多事情，一旦牽扯到因果關係，那就會變得複雜起來，甚至可能引起地府的規則秩序崩塌，所以一切都需要慎重地考慮再考慮。

相較於地府和池丹錦的糾結，林百福的看法截然不同。

「陽世人就該遵守陽世的法律規矩，指望靠著地府法規去規範和懲罰陽世人，這根本就不對。」

「可是……」

「你們將陽世和地府混為一談，本質就是錯誤的，應該將陽世和地府當成兩個國家看待。」林百福說道。

池丹錦聽得有些懵懵懂懂，仔細思考後，也就明白他的意思。

地府是亡者的國度，管理的自然是亡者，生者的世界自有生者的法律規範，要是覺得社會的秩序混亂、罪犯太多，那就應該去修改法律條文，讓法律貼合社會的實際需求，與地府何干？

「說回剛才的問題，那樣的鬼為什麼不抓？」

回到屋內重新坐下，馬弘毅拉回主題。

「這也要從因果關係來看，是我先騎馬撞上他，他才跟我討要賠償，那我就應該要賠償，只是賠多賠少也不能全由著對方開價，不然他看我好說話，很可能就直接賴上我……」

「如果是敲詐，故意撞上來的呢？」池丹錦又問。

「多多少少還是會給，畢竟小鬼難纏嘛。燒點紙錢就能解決麻煩，為什麼不燒？」馬弘毅對這些事情已經司空見慣，語氣中帶著包容。

「而且這種會跟人敲詐討錢的亡魂，也不全是痞子混混，還有一種是他真的過不下去了，只能用這種方法討錢。」

衣食足而知榮辱，倉廩足而知禮節。

都快要活不下去了，誰還跟你講究禮義廉恥？

「為什麼？就算沒有陽世親人供奉，地府不也有工作機會嗎？」

「地府的工作情況跟陽世還是有一些不一樣的，陽世會看學歷，地府不看，就看你有沒有相關的技能跟工作經驗，但是就算有相關的工作經驗，那也只能從學徒開始學起，因為地府的東西和製作流程跟陽世並不相同……」

「舉個例子來說：農夫。農夫是地府僅次於公職人員的熱門職業，因為種田可以自己吃飽穿暖，還能賺錢。」

「但是並不是每個人都能當農夫，因為地府的耕種是以人力和畜牧為主，很少動用機械，人事成本高，而且機械的價格相當昂貴，一般人也用不起……」

「問題來了，現代還有多少人懂種田？懂人力耕作？」

「……」

這真是個好問題。

池丹錦不用想也知道，肯定很少。

一堆年輕人甚至連蔥、蒜都分不清楚，甚至還有以為西瓜、花生長樹上的！

「也因為這樣，地府的食物價格比陽世還高，許多人的薪水勉強能讓他們購買食物，如果有陽世親人補貼，那生活自然就好過一些，沒有的話，就只能勒緊褲腰帶過日子。」

「為什麼地府會用不起機械？」

池丹錦還以為是地府那裡不能生產機械，結果馬弘毅給出另一個答案。

「因為你們燒東西給地府親人的時候，不會燒農機給他們啊！」馬弘毅理所當然地回道：「一般都是燒房子、車子、僕人、家電……我就沒見過有幾個是燒農機的。」

「地府沒有人研發或是販賣嗎？」

「有啊！只是研發成本高，售價也高，一般人買不起。」

這是一個惡性循環。

需要機械的亡魂買不起機械，能買得起的生活富裕，不愁吃穿。

「只要是燒下去的農機就能使用嗎？那地府可以派人託夢給他們親人，或者地府自己請人燒一堆農機下去……」池丹錦想出另一個辦法。

「這個想法很好。」馬弘毅拍手贊同，「但是，誰來做農機？我說的農機不是畫的那種，是立體的、竹編紙糊的，形體跟陽世農機差不多的紙紮農機。」

「呃……」

這是一個好問題。

「現在有紙紮技術的人，多嗎？」

「不多，這項技藝幾乎要失傳了。」

「……」

池丹錦突然開始擔心起，她往後的地府生活了。

02

「我可以問一個比較私人的問題嗎？」

池丹錦舉起食指，看著馬弘毅詢問道。

「請說。」

「你是怎麼當上陰差的？」

「參加陰差考試。」

「要怎麼參加陰差考試？」池丹錦追問。

「妳想跳槽？」坐在旁邊默默摺紙的林百福插嘴詢問。

「我這是未雨綢繆，總是要為以後地府的生活做準備嘛！」池丹錦坦言：「我沒有工作經驗、也沒有一技之長，以後要是下去了，恐怕沒辦法生活，既然知道有鐵飯碗，當然就想要試試啊！」

「妳這樣還算沒有一技之長？我覺得妳比我還要厲害。」馬弘毅打趣調侃。

「如果妳沒有天賦，神巡攝影也不會找上妳。」

的。

林百福覺得池丹錦想太多了，依照她的本事，就算到了地府也是會被地府聘僱

「神巡攝影是神巡攝影，地府是地府，說不定我死了以後這天賦也沒了呢？」

她都還沒摸清楚自己的天賦到底要怎麼使用，誰知道未來會怎麼樣啊？

「不得不說，您想的還真遠。」馬弘毅抱拳做了個佩服的姿勢。

「所以呀！要麻煩您跟我說一下考陰差的流程，我心裡也有個底。」池丹錦笑嘻嘻地回禮，也跟著用上了敬稱。

「地府招人有兩個標準，一是有本事的人，二是行善積德的善人。」馬弘毅對池丹錦娓娓道來。

「第二種就不用說了，到了地府、經過審查就會知道妳有沒有資格參加公務員考試。」

「第一種的話，需要有介紹人為妳作保。不是隨便一個人都能當保人的，基本上，這個保人在地府要有一定的身分地位和名聲。」

「一般考陰差的，大部分都是家裡有陰差或是地府公職人員的，他們的保人自然就是由家裡的長輩擔任……」

「你的祖先也是陰差？」

「不，我的情況特殊，我是阿福替我擔保的。」

「欸？」

池丹錦面露訝異，但是考慮到這是對方的隱私，她也就不多問。

卻沒想到，馬弘毅自己說了。

「當初我爸出了車禍，雖然緊急搶救回來了，但是醫生也跟我們說，他傷的很重，叫我們要有心理準備。」

「醫生沒辦法救，那就只能求神問佛。我知道阿福有些『特殊本事』，所以就拜託他，請他幫忙想辦法救救我爸。」

林百福就帶他到城隍廟，將整件事情寫成疏文，請城隍爺調查看看能不能救人？

「城隍爺查了以後，跟我說，我爸這是命定的大劫，躲不掉的，要是他這次能夠順利度過，往後還有四十幾年的壽命，要是過不去，那就……」

「我問城隍爺，該怎麼度過這個劫難？」

「城隍爺說，這要看個人造化。如果我爸平常行善積德、積累福報，這些福報就會為他抵銷劫難，助他過關……」

城隍爺幫馬弘毅查了馬爸爸的情況，發現馬爸爸平常也有做善事，只是那些福報只能抵銷部分，不足以化解劫難。

「阿福就說，他可以將他的功德轉給我爸，但是等我爸度過劫難以後，我必需替他償還。」

——不是林百福斤斤計較，非要馬弘毅償還，而是世間萬物都有其價值，要是隨意贈送功德不求等價回報，命運將會引發更大的因果業報，導致雙方遭受更大的災禍。

「阿福當時給了我幾條積攢功德的路，有當巡界人的，也有當陰差的。那時候我覺得陰差這個工作很帥，就選擇參加陰差考試，後來順利考進後勤部。」

地府的後勤部需要供應整個地府的需求，後勤人員需要在外頭奔波，找尋各種適合的物資。

馬弘毅性格外向，喜歡跟人打交道、交朋友，也喜歡四處串門子、找尋各種好商品，在後勤部自然是過得如魚得水。

緊接著，馬弘毅又跟池丹錦說了一些自己當後勤遇到的趣事。

池丹錦原以為後勤是個很無聊的職業，但是馬弘毅講述中，他的後勤生活相當多采多姿！

後勤部的同事個個能言善道，說起話來就像是講相聲的活寶，每天上班就像是在聽相聲；上司性格很佛系，喜愛美食，平常總是喜歡溜到地府食堂，跟大廚們聊天、品茶，試吃他們研發的新料理。

主管愛美食，副主管則是喜歡品鑑古董古玩，不管什麼東西都能滔滔不絕地說出來歷，跟古董相關的歷史典故、民間趣談信手拈來，馬弘毅在副主管身上學到不少知識，還因此撿漏了幾樣小件古董。

「……清朝的鼻煙壺、宋朝的筆洗跟一個小瓷碗。」馬弘毅數著自己淘到的古董，「不過我高興不是因為撿漏買到好東西，是因為我靠學到的知識和眼力買到真品古董的成就感！」

他揮舞著雙手，興高采烈地說道：「就是那種『我真的會看古董了，真的學會這些知識了！』的感覺，像是得到了肯定……」

「我懂。」池丹錦點頭表示理解。

就像她跟阿福學摺甲馬，其實她也不確定自己摺出的甲馬有沒有用，能不能真的變成甲馬時，結果發現她摺出來的甲馬真的能用，她也是相當興奮的。

「其實妳也不用擔心以後去了地府不好過。」

說完自己的後勤日常後，馬弘毅又回到原先的話題。

「地府跟異管局有合作，很多巡界人到了地府以後，都會受聘成為地府的公務員。」

「可是我現在也不算是巡界人。」池丹錦回道。

算算時間，她跟神巡攝影的聘僱合約只剩半年，往後會不會續約還是個問題呢！

「啊？妳不是巡界人嗎？可是他們都讓阿福跟妳搭檔了啊！」

馬弘毅訝異地看向林百福，他還以為池丹錦已經入職巡界人了。

「我是剛好跟他分到同一組……」池丹錦解釋道。

「不是，妳以為誰都能跟阿福搭檔的嗎？」

馬弘毅以前不知道自家兄弟有多厲害，但是自從當了陰差以後，他就知道，自家兄弟真的很厲害！

「妳是不是誤會什麼了？我家阿福可是地府早早就預定好的優秀人才，異管局的扛壩子！誰會讓大神去帶新人啊？那不是大材小用嗎？肯定是因為妳也很有潛力，他們才會讓阿福帶妳啊！」

馬弘毅一段話誇讚了兩個人，讓池丹錦抿嘴笑了，林百福也嘴角微揚，露出滿意之色。

「我要是妳，就會待在神巡攝影，慢慢磨練自己。」馬弘毅給出了建議，「神巡攝影的福利好、薪水給得大方，公司看重妳，木桃姊對妳也很照顧，還有我們英俊瀟灑帥氣挺拔的男神阿福教導妳，這不是比自己胡亂摸索要好嗎？」

「……也是。」池丹錦被說動了。

她也覺得神巡攝影的工作環境跟同事氛圍很好，真要離開這裡，她還真是有點捨不得。

「這就對啦！妳只要在神巡攝影好好工作，我保證妳往後肯定會被地府招攬！」馬弘毅拍著胸口擔保，為了讓池丹錦安心，他又補充道。

「到時候要是地府沒有招攬妳，那我來當妳的保人，或者讓阿福推薦妳！他在地府的地位比我高，對吧？阿福大神？」

馬弘毅笑嘻嘻地朝林百福擠眉弄眼，一副「瞧！我幫你把人留下了」的神情。

「別亂叫。」林百福拍了口無遮攔的好友一記，轉頭對池丹錦說道：「木桃一直想拉妳加入巡界人，我也覺得妳的天分不錯，妳可以好好考慮，合約到期前再決定要不要留下就行了。」

「好。」池丹錦認真點頭。

在合約到期之前，她會釐清心中的各種顧慮，好好想清楚的。

在池丹錦專注練習技能和摺紙馬時，時間匆匆流逝。

某日，她心血來潮翻看日曆時，赫然發現，時間竟然已經來到農曆八月初三日。

「七月竟然已經過了……」池丹錦有些恍惚地嘀咕。

這還是她第一次覺得農曆七月過得「快」，以前的她總是覺得度日如年，覺得每一天都是煎熬。

現在心態不同了，她可以更客觀、更自然地看待亡者，身旁還有同伴相伴，安全感大增，生活自然也就過得更舒服。

坐在沙發上看電視的木桃聽到她的話，笑著回道。

「早就過了啊！前兩天我還跟妳說鬼門要關了，問妳要不要去看看？結果妳只顧著摺甲馬，根本沒理我……」

「抱歉……」池丹錦想起來了。

因為摺甲馬不能分心，一旦分心甲馬很有可能會摺失敗，所以池丹錦心神集中、對外界的動靜一概無視，木桃姊的話也被她左耳進、右耳出，只是胡亂點頭「嗯嗯」地應個兩聲，木桃看她在忙，也就不再打擾她。

「道什麼歉啊？做事本來就要專心。」木桃不在意笑笑，「妳越是集中精神，摺出來的甲馬功效也就越好，也算幫了我們大忙。」

經過實驗，池丹錦製作的摺紙可以封印亡魂和詭譎，對地府跟巡界人有幫助，現在地府和神巡攝影已經向她下單預定。

按照需求不同，地府訂購的是甲馬，而神巡攝影購買的則是紙鶴。

不是他們不想讓池丹錦摺更簡單、更迅速的造型，而是經過實驗，池丹錦摺出的造型越複雜，輸入的能量也就越多，如果摺的造型太簡單，那就達不到封印效果了。

甲馬和紙鶴是研究過後，覺得兼具效果、實用性和製作速度的最佳造型。

因為具有特殊封印作用，地府跟神巡攝影給的錢都不少，收到訂單時，池丹錦挺高興的，覺得自己可以賺上一大筆。

可是當她實際進行操作後，發現這種特殊摺紙並沒有她想像那麼輕鬆，要是為了追求速度摺得快一些、敷衍一些，成品的封印效果就不好，甚至出現封印個幾秒鐘就失效的。

這些東西可是要用來對付鬼怪的，池丹錦不想做出瑕疵品害人。

而要是她專注摺紙，耗費的精神力相當大，差不多摺個十五隻左右就覺得累了，像是高中時衝刺聯考，大量唸書耗費腦細胞那樣，整個人頭暈眼花、頭疼腦脹，需要停下來休息一段時間。

幸好買家也知道製作上的困難，給予的交貨時間相當寬鬆，不然池丹錦真是不知道該怎麼辦才好。

「最後一隻！完成！」

池丹錦將最後一隻紙鶴放進收納的盒子裡，盒裡頭總共放了一百隻紙鶴。

「辛苦啦！」

木桃摸摸她的腦袋，順手輸入一道靈氣給她。

「謝謝木桃姊。」

獲得靈氣滋養，池丹錦的腦袋瞬間輕鬆很多，不再漲疼難受。

「妳進步很多，剛開始一天只能摺十隻，現在一天可以摺二十二隻，很厲害。」

「這都要謝謝妳跟阿福幫忙。」

自從她開始摺紙後，木桃跟林百福就會輪流守在她身邊，並在她開始吃力的時候提醒她休息，並為她輸入靈氣，給她吃靈果滋養身體。

一開始池丹錦並沒有注意到這一點，是幾天後才發現他們對她的看護和照顧，心中感激又不知道該怎麼回報，只能更努力的練習和學習。

「我們可沒有幫什麼忙，是妳自己天資好又肯努力。」沒有人會不喜歡努力的人，木桃也一樣。

如果池丹錦空有天分卻不努力、不學習，即使資質優秀，也難以入木桃的眼。

「聽說妳在考慮要不要正式成為巡界人？」木桃問道。

「嗯。」池丹錦點頭。

「那妳要不要執行一次巡夜人的任務？」木桃笑著邀約道。

「巡夜人的任務？我不是都有接嗎？」池丹錦疑惑反問。

「我說的不是巡邏界壁跟拍照，是淨化和掃蕩邪穢、鬼怪的任務。」

農曆七月是個適合滋養詭譎的月份，因為這個月份會有各種恐怖片、靈異電影上演，就連談話性節目也都是以鬼和靈異體驗為主題，將整個七月籠罩在靈異的氛圍之中。

詭譎本身就是靠著人的負面情緒和各種都市傳說的散布成長，這個月份冒出的詭譎特別多，成長速度也特別快，害得巡夜人每天就像環保工人，日夜不停地忙著淨化街道和打掃，卻怎麼淨化都淨化不完。

等到群鬼都返回地府、鬼門關上以後，才是徹徹底底清掃淨化的時間！

「好。」池丹錦出乎意料地一口答應，完全沒有猶豫。

「不怕啦？」木桃調侃著她。

「當然……還是有一點怕。」

池丹錦自信地挺起胸膛，一秒後又有些心虛地垮下去。

「我以前見到這些東西都是能閃就閃，怎麼可能不怕？」她不滿地嘀咕道。

「那妳怎麼願意參加任務了？」

「不是妳邀請的嗎？」池丹錦沒好氣地斜睨她一眼，又道：「而且我也想了解一下巡界人的工作，不然總是覺得自己跟其他人格格不入。」

若是池丹錦最初的心態，她才不在乎無法融入工作環境，她進入神巡攝影只是因為這裡的工作輕鬆、時間自由而且薪水高，不過跟林百福他們相處過後，她確實對巡界人這個職業產生好奇。

她甚至想過，等一年的短約結束就正式加入巡界人的行列，不過這個想法也只是「正在考慮中」，她需要深入了解這個行業才能做出決定。

「我還以為妳是要去試試妳的練習成果呢！」木桃笑回。

池丹錦的技能經過大量練習以及木桃、林百福的指點，現在已經進步很多，不會再像之前那樣，能量只附著在手上無法發出攻擊或是封印鬼怪，雖然施放十次會有兩、三次失敗，但是如今的池丹錦也算是有自保之力了。

「為了避免擾民，我們會在晚上十點才開始『大掃除』，工作時間到隔天早上五點，妳先去休息，不然晚上熬夜精神不好。」

「好。」

04

大掃除的工作大致分成兩個階段，第一個階段是由巡界人找尋並消滅已經成形的惡蟲和蟲胎，至於那些尚未成形的邪穢就先丟著不管，等到清晨，環保工人開始打掃街道時，再用灑水車灑淨水一口氣淨化了。

步驟看起來簡單，實際操作卻相當瑣碎又麻煩。

他們需要開車或是騎車在大街小巷巡視，看見目標就停車、下車殺怪、紀錄位置，再上車繼續繞街巡邏，一而再、再而三的重複這個過程，持續一整晚。

這項工程還不是一天就能完成，按照過往的經驗估計，至少要持續七到十天。

「那邊！那間白色招牌的店！它旁邊的巷子裡有東西！」

池丹錦靠著特殊的視野，很快就找到了目標。

林百福將車子停靠在路邊，兩人一起下車朝店家的旁邊的巷子走去。

走沒幾步，就見到一隻盤旋在汽車上、張牙舞爪的惡蟲。

「妳先試試吧！」

看著惡蟲，林百福沒有第一時間解決它，而是留給池丹錦練習技能。

「好。」

池丹錦緊張地做了個深呼吸，手指有些僵硬地舉起，框出一個長方框。

長方框的中心對準惡蟲，能量傳輸到手指，形成一個發著金光的框。

池丹錦抿著唇，將金框往前一推，金框順勢飛出，但卻在飛到一半時就落下消失了。

攀爬在汽車上的惡蟲晃了晃身軀，似乎在嘲笑池丹錦。

「別急，慢慢來，再試一次。」林百福安撫道。

「嗯。」

池丹錦點點頭，又再度凝聚出一個金框，做了一個深呼吸後，用力將金框拋出，嘴裡還順勢發出一聲「喝！」，用以壯大氣勢。

這次的金框飛得遠一些，但仍然沒有觸碰到惡蟲。

「為什麼妳要這麼用力的扔妳的框？」林百福提出疑惑，「妳是怎麼想的？在妳的構想中，這個框是什麼模樣？」

「就是一個實體框……」池丹錦面露茫然。

「我的意思是，這個框的原形應該是妳攝影時的取景框吧？」林百福循循善誘地說明，「既然是取景框，那麼所有被取景框籠罩的景物，不是應該都是它的力量封印範圍嗎？為什麼還要扔框？這又不是套圈圈的圈圈。」

「……」

池丹錦皺眉思索，片刻後恍然大悟，她理解了林百福的意思。

第三次嘗試，她凝聚出能量後沒有將金框拋出，而是如同林百福所說：「我之所見，便是我掌控之處。」

惡蟲周圍瞬間凝聚出一個大型金框，將惡蟲整隻籠罩並且封印起來。

惡蟲的行動被金框囚禁了，它憤怒地撞擊金框，將金框撞出幾道裂痕。

見狀，池丹錦連忙又追加幾個金框，將牢籠加固。

被封印的惡蟲原本還能扭曲叫囂，但是在結實又逐漸縮小的金框中，它也漸漸沒了反抗的力量，被金框縮小壓扁，最後成了一張定格照片。

「成功了！」池丹錦高興在原地蹦跳幾下，表達她的激動。

林百福上前撿起照片，摸了摸照片的材質又晃了晃紙張。

不管是手感或是照片裡的影像，都跟照片相當相似。

「不知道能封印多久……」

林百福隨口嘀咕一句，拿出異管局專用的封印袋，將封印照片放入其中，並在袋子上寫下現在的日期和時間。

「繼續吧！」

兩人回到車上，繼續尋找下一個目標。

第二隻惡蟲的形體比第一隻還要大上一倍，它像是由好幾隻巨蟲組成，盤旋在一棟外觀老舊、燈光幽暗的廉價旅館門口上。

這隻惡蟲長得像多頭蛇，巨大的尾巴牢牢纏住建築物，每一顆蛇頭都有一張獠牙大嘴，嘴裡不斷發出男男女女的尖叫跟大笑聲，像是有一群人正在狂歡開趴一樣，在寧靜漆黑的深夜裡顯得詭異又令人毛骨悚然。

當他們靠近旅館門口時，巨大的惡蟲察覺到他們到來，幾顆蛇頭從二樓俯彎下來，張開布滿獠牙的血口，向他們嘶吼咆嘯，充滿警告的尖銳聲音讓池丹錦覺得耳膜隱隱作痛。

林百福隨手拿出黃紙，將紙張折成長條狀，再圈成一個橢圓圈。

「戴上。」

他將兩個圓圈遞給池丹錦。

「啊？戴哪裡？」

池丹錦拿著兩個圓圈左看右看，這圈圈若是要套在手腕上就顯得太小，套在手指上又太大了。

「戴耳朵上。」

「耳朵？」

池丹錦拿著兩個圈圈在耳上比劃了一下，還沒等她反應過來，看不下去的林百福直接拿過圈圈，套在她的耳上。

圈圈套耳的模樣有點怪，一般人看到有人這麼做，肯定會覺得對方是不是在弄什麼行為藝術，但是在圈圈套到耳朵上後，池丹錦發現耳朵的疼痛情況消失了，惡蟲發出的尖叫聲再也無法對她造成傷害。

「你不用戴嗎？」

明白耳圈用途的池丹錦，關心地反問林百福。

「不用，這等級的惡蟲傷不了我。」

「……」好吧！跟林百福比來，她確實很弱。

池丹錦看著眼前的龐然大物，舉起雙手做出框架，準備像之前一樣將它框起，卻赫然發現，惡蟲的身軀太過龐大，她無法整個框住。

她試著不用手指框，而是純粹用眼睛看，想要將視野範圍內的惡蟲框住，但是或許是沒有練習過又或者是原先的概念扭轉不過來，少了一個發動力量的要素，她始終沒能成功。

「……怎麼辦？」池丹錦慌張又苦惱地將情況告訴林百福。

「先試著圈一部分看看。」

林百福從背包裡拿出幾張符紙，站在一旁掠陣。

池丹錦嘗試著瞄準一顆蛇頭，對著它發動力量，一個又一個的金框分別困住蛇腦。

被金框框住的蛇頭發出尖銳的怒吼，它用力地甩動腦袋，想要將困在頭上的框框弄掉，其他幾顆自由的腦袋則是朝她和林百福衝來，咧開大嘴，想要將兩人吞噬！

池丹錦連忙又追加幾個框框上去，將那幾顆腦袋都框住，自己也連忙往旁閃躲，躲過蛇頭的攻擊。

林百福朝惡蟲甩出數張符籙，飛舞在半空的符籙瞬間爆出明亮又耀眼的光芒，惡蟲被光芒吸引，攻擊池丹錦的腦袋調轉，朝著符籙直衝而去。

林百福趁著惡蟲分心之際，拿出一把桃木劍，朝著惡蟲的腦袋用力砍去。

「嘎嘎嘶嘶嘶吡吡……」

惡蟲的一顆腦袋被砍下，遭受重創的惡蟲發出嘶吼，龐大的身軀扭動，迅速從盤旋的建築物滑落，拖著龐大的身軀衝向林百福。

林百福舉著桃木劍，手起劍落，直接砍掉了惡蟲的一顆腦袋。

蛇形腦袋被金框框著，落地後，實體的腦袋化為紅黑相間的混濁霧氣，在金框中重擊掙扎，金光與霧氣展開一場不見硝煙的爭鬥，雙方能量互相吞噬、抵銷。

眼看著血黑色濁霧就要壓過金光、掙脫牢籠，池丹錦立刻又補上一個金框，徹底壓制住霧氣，讓它消散於空氣之中。

「不錯，再來！」

林百福笑著鼓勵她，又揮劍砍下了一顆蛇頭。

兩人配合默契地跟惡蟲戰鬥，林百福如同切瓜砍菜一樣，將惡蟲的腦袋一顆又一顆的斬下，而池丹錦則是充當輔助，緊盯著戰鬥，時不時地補上封印或是用金框限制住惡蟲的行動。

忙碌了好一會兒，惡蟲終於被他們消滅。

「好累……」

全程精神緊繃的池丹錦，一見危機解除，隨即疲憊坐倒在地。

「做的不錯。」

林百福稱讚她一句後，熟練地做起善後收拾工作，並將這個位置紀錄下來。

一般而言，惡蟲盤據的位置都會重複誕生惡蟲，將地點紀錄下來，以後巡邏時才不會漏掉。

「走吧！回車上休息。」

林百福將池丹錦從地上拉起，池丹錦起身時還踉蹌了一下。

「受傷了？」

「腳好像扭到了。」池丹錦苦笑。

先前太過專注在戰鬥，沒有注意自身情況，現在一鬆懈下來，她覺得渾身肌肉酸疼、雙腿發軟無力，左腳腳踝處隱隱作痛。

「我看看。」

林百福蹲下身，查看她的腳腕。

「沒事，只是稍微扭了一下，回去上個藥，休息一兩天就好。」

說著，林百福轉了個身，背對著池丹錦。

「上來，我背妳。」

「欸……」池丹錦面露遲疑。

「欸什麼欸？還是妳要我用抱的？公主抱？妳們女生好像都喜歡那樣……」

「什麼叫我們女生都喜歡公主抱？誰說的？」池丹錦不服氣反駁。

「我媽說的。」林百福理直氣壯回道：「我媽每次看電視，看到男主角抱女主角的時候都會很激動，還說什麼『抱女生就是要用公主抱才浪漫』……」

「……」聽到是玫瑰姨，池丹錦就無法反駁了。

按照玫瑰姨的性格，她確實會說出這樣的話。

「欸，妳要不要上來？一直蹲著腿很酸耶！」

林百福一邊嘀咕、一邊站起身，準備換成公主抱的姿勢。

「你、你要做什麼？」

見到林百福要摟上她的腰，池丹錦嚇了一大跳，連忙拉住他的手制止。

「抱妳回去車上啊！不然妳要自己走回去嗎？」

「不、不用……」

「不給背也不讓抱，妳是想爬回去嗎？」

林百福懶得跟她在這裡拖延時間，直接把人打橫抱起。

「欸你……」

「別亂動啊，不然摔了我可不管。」

林百福警告一句，就抱著她快步走向汽車的方向。

「……」

池丹錦從沒跟人有這麼親密的接觸，只能害羞又僵硬的依靠在他懷裡。

心底不斷催眠自己：同事，我們都是同事！我受傷走不動，他抱我走回去也很正常！

終章

01

林百福給的外傷藥膏很好用，隔天池丹錦的腳踝就消腫、不痛了，不過木桃考慮到她是第一次接觸滅蟲任務，想要讓她調適情緒，就讓她多休息一天。

池丹錦其實不需要調適心情。

她以往對於詭譎的恐懼，更多是來自「沒有同伴，只能孤軍奮戰，無人可以求助」的無奈和不安，為了自保，她只能退縮再退縮，將自己侷限在安全的範圍內。

但是現在不同了，她有同伴了！

他們跟她一樣看得見鬼怪和詭譎；他們知道該怎麼應對這些存在；他們強大又友善，願意指點她、保護她……

這讓池丹錦有一種找到歸屬的感覺。

她是一個執著而且有毅力的人，不然也不會在無人指點的情況下，就自己研究出相機封印術。

既然決定要了解巡界人的工作，願意主動跟鬼怪和詭譎接觸，那麼她就不會退縮。

她沒有接受休假，在當天晚上依舊興致勃勃地跟著林百福出任務。

林百福也沒有阻止她，在他看來，池丹錦現在就像是那些剛接觸清掃任務的新人，興奮、激動、無時無刻都想要跟詭譎打一場，測試自己學到的能力，這是新人常有的情緒，很正常。

既然池丹錦的腳沒事了，她想做什麼就由她去。

林百福感覺到，池丹錦跟以往已經有些不同了。

剛開始見到她的時候，她的眼裡總是帶著不安，行為處事也都是以自保為主，就像是一隻曾經受過傷害的小貓，對於外界充滿警惕和恐懼。

現在這隻小貓慢慢探出小腦袋，從藏身的紙箱裡走出，願意主動接觸外界了，這是好事，林百福是抱持著鼓勵心態的。

經過多次實戰和林百福的指點，池丹錦逐漸熟悉技能，在戰鬥時也不再緊張，變得游刃有餘起來。

一隻又一隻的惡蟲，全成了協助她練習的經驗值。

一開始，她還興致勃勃的找怪、殺怪、善後收拾跟紀錄，等到過了幾天，消滅惡蟲數百隻、未成形蟲胎十多個以後，原先的激動和緊張沒了，她開始變得跟其他老鳥一樣，心境平和、心如止水、心安神泰……

其實，跟惡蟲和蟲胎戰鬥挺傷神的，但是在街上巡邏找尋目標就顯得枯燥許多，最讓人忍受不了的就是開車走走停停、上車又下車，遇到車子進不去的巷弄角落還要跑上一段路，耗時又費體力。

而且池丹錦為了練習她新升級的「無相機封印術」，幾天下來都沒有使用慣用的相機攻擊，全程精神高度集中外加技能偶然施放失敗、戰鬥發生意外的情況，讓她耗費更多的精力。

原以為可以順利完成全程任務的她，現實中卻是每天灌藥劑、吃靈果和補品，好不容易才撐到任務的最後一天。

「累了就休息一下。」

開車的林百福看了她一眼，順手遞了一瓶能量補充液給她。

池丹錦打開瓶蓋，豪氣地一口灌完，而後大大地呼了一口氣。

「還剩一個地點，巡完就可以收工了，再撐一下。」

「好。」

池丹錦靠著椅背，用手指按摩著酸澀的眼睛。

「需要眼藥水嗎？」林百福關心詢問。

「不用，我是被惡蟲醜到了，怎麼會有這麼多奇形怪狀的東西啊？」池丹錦半開玩笑回道。

她以前見到的惡蟲，大多是長條形、類似蚯蚓的形狀，偶然才會見到幾隻長相不同的，托這次大掃除巡邏的福，她見識到各式各樣、相貌詭異的惡蟲，簡直讓她大開眼界！

這些惡蟲有長著四隻鐮刀爪、背部隆起扭曲人臉的；有好幾個人形上半部扭曲地堆疊在一起，下半身則是一條長蛇尾的；有的反過來，長著一堆類似人的腿，本體則是猙獰的大蟑螂；還有長成機車和汽車混雜在一起的模樣的，這惡蟲難道以為自己是變形金剛？

等到舒服一些，池丹錦眨眨眼，睜開眼睛。

「下一個地點是哪裡？」她測頭詢問道。

「醫院。」

「哇喔……」池丹錦發出一個意味不明的聲音。

眾所皆知，醫院向來是各種靈異故事和怪談的熱門景點，十個靈異事件中，有

五、六個都在醫院發生，它的受歡迎程度，甚至比幽森的墓園、建築在亂葬崗上的學校、幽靈出沒的隧道、鬼屋、荒山野嶺……等等都要受歡迎。

「我都還不是正式職員，就要去打大boss了啊……」

池丹錦長長地吐出一口氣，神情有些鬱悶。

她很不喜歡醫院。

一是因為不喜歡醫院的濃郁藥水味，二是不喜歡那裡混雜的氣場。

醫院裡齊聚著生老病死，各種情緒交錯，有人在那裡生育愛的結晶，有人在那裡送別親友長輩，也有人在那裡承受病痛折磨，還有利益薰心的人在那裡謀求發財之道……

不管是人性的光輝亦或是人性最醜陋的一面，都能在醫院見到。

「不用怕。」林百福笑著安撫，「之前異管局的人已經先去清過一次了，我們這次過去只是巡視有沒有漏網之魚。」

醫院、學校這些容易滋生詭譎和鬼怪的地方，向來是異管局的關注重點，即使是在鬼月期間，異管局對這裡的監控也沒有放鬆，在大量的情緒滋養下，醫院的詭譎繁衍速度是平時的兩、三倍，異管局安排了成員定點駐守，一星期清除一次詭譎。

聽到只是去巡邏，池丹錦這才放心一些。

雖然她覺得自己現在進步不少，可是對上醫院這種大魔王等級的存在，她還是覺得不太安心，即使身邊有林百福這位戰鬥力強大的大神也一樣。

不是她不信任林百福的能力，但螞蟻也能咬死大象呢，個人的力量再強大也敵不過群攻！

02

將車子停妥後，兩人走進燈光明亮、空曠冷清的醫院裡。

也不知道異管局是怎麼跟院方的人說的，醫院的人認為他們是保全公司的成員，前來檢查醫院的監控設備和警報系統的。

至於為什麼大白天不來檢查，而是等到三更半夜才過來？

這其實也很好理解。

白天醫院病人多、事情繁雜，要是他們白天過來檢查，那不是給醫院添亂嗎？還不如等到晚上人少一些的時候再過來。

屆時，他們檢查的時候沒人干擾，醫院也不用在病患和檢查之間兩頭奔波，對雙方都好。

兩人在一樓轉一圈，確定沒有惡蟲或巨繭後，林百福帶著池丹錦來到電梯前等電梯。

「要搭電梯嗎？」池丹錦不解。

他們之前巡邏建築物時，可是一層樓、一層樓爬上去又走下來的，那棟建築物一共十樓，可把她累死了！

「妳看恐怖片嗎？」林百福不答反問。

「不看。」池丹錦搖頭。

「看恐怖小說嗎？」

「不看。」

「那妳聽說過醫院的靈異事件嗎？」

「呃……」

池丹錦才想開口，電梯門開了，她跟隨林百福走進電梯。

「醫院的靈異事件……會見到過世的病患在醫院裡走來走去？」

她恍惚記得，好像曾經在某個談話節目上聽過這件事。

「還有呢？」

林百福按下最頂樓的樓層案件，電梯門緩緩關上，載著他們上行。

「還有？」池丹錦又想了想，「值夜班的時候不能說很閒或是很輕鬆，不然會立刻出現一堆患者。」

「電梯的故事聽說過沒？」林百福看了池丹錦一眼，自顧自往下說道：「像是電梯裡的燈光突然閃爍……」

話音才落，他們搭乘的電梯燈光配合地閃爍幾下。

「還有電梯按鈕錯亂，一些沒有按的樓層也亮了……」

像是在配合林百福的話，電梯的按鈕螢幕一陣閃爍，所有樓層的按鈕全亮了。

「電梯門打開後，出現看不見臉孔的病患或是醫護人員。」

「叮！電梯門要開了……」

電梯的自動廣播適時地響起，電梯門打開後，一個頭髮蓋住了大半臉龐，看不清楚五官樣貌的病患站在門口。

「沒必要這麼應景吧？」池丹錦縮到林百福身旁，嘴裡低聲嘀咕。

雙方安靜地對望著，病患始終站在原地，沒有進入電梯的意思。

「不進來嗎？」林百福朝對方露出一個友善的微笑。

「……」病患搖搖頭，往後退開一步。

「進來嘛！你不是等很久了嗎？」林百福熱情地邀約著。

「……」

病患再度搖頭，為了顯示自己的堅定意志，他還舉起雙手同時搖晃著，表明自己不想進入電梯的強烈意願。

林百福「嘖！」了一聲，打算走出電梯去抓「人」。

他才向前一步，人都還沒走出電梯，病患就發出一聲急促又驚恐的叫聲，迅速地逃跑了。

林百福挑了挑眉，退回原先站定的位置，雙手抱胸，對空氣說了一聲。

「關門，繼續。」

電梯像是聲控似的，真的自動關上電梯門，繼續上行。

「他跑掉，沒有關係嗎？」池丹錦問道。

「沒事，他逃不掉，等一下再去找他。」

林百福說得信誓旦旦，電梯突然抖動了一下，像是在害怕畏縮一樣。

「怕了？」林百福調侃地問。

電梯的燈光又閃爍兩下，略顯呆板的電子音響起。

「我，好，電梯，乖。」

明明是毫無情感的電子語音，聽起來卻給人一種稚嫩的感覺，像是三、四歲的孩子牙牙學語。

「你確定你乖？」林百福笑著換上逗小孩的口吻。

「我，乖，乖，乖，乖……」

電梯也不曉得自己是被逗了，著急地不斷重複著「乖」字，聽起來還帶著一種誦經的韻調。

「行了、行了，你乖，我不抓你。」林百福無奈地制止它。

他本來就沒有打算抓這個開啟了靈智的電梯靈，現在也只是順水推舟，順著電梯靈的想法回應。

「叮叮、叮叮叮……」

電梯響起一連串代表開心的鈴聲。

「以後你也要乖乖的，可以跟醫護人員玩，但是你也要保護他們，知道嗎？」林百福叮囑道。

「叮！知道，叮叮！」

出了電梯，林百福這才跟池丹錦說起電梯靈的事。

這電梯靈是今年年初才產生靈智的，平常也沒做什麼惡事，就是喜歡跟醫護人員玩，像是閃閃電燈、亂載人到其他樓層之類，雖然讓人苦惱，卻也沒做什麼壞事。

在惡蟲出現時，電梯靈還盡自己的力量保護醫護人員，光憑這一點，就足夠讓林百福和異管局放過它了。

在林百福要過來這間醫院巡視時，先前駐守這裡的異管局成員特別跟他提了電梯靈的事情，再三保證這個電梯靈是個乖巧、可愛、不會造成危害的靈，讓林百福高抬貴手，別對它太兇。

對此，林百福嗤之以鼻。

他又不是什麼是非不分、見到魑魅魍魎就喊打喊殺的人，只要這些存在不作惡、不殺人，他也懶得管它們。

他們在加護病房外面繞了一圈，這裡被清除得很乾淨，現場只有幾縷未成形的霧狀穢氣，應該是這兩天才產生的，噴灑幾下淨水就消除了。

一般而言，加護病房、安寧病房、癌症病房這些區域，都是詭譎的重災區，因為這裡的病患直面死亡，絕望和求生的欲望濃烈，最容易滋生詭譎。

而象徵孕育與生機的婦產科部門，則是另一種詭譎的滋生區域。

這裡的喜氣多過喪氣，誕生的詭譎大多也是無害的，甚至會主動保護孕婦和新生兒，這類詭譎通常也是被異管局放過的存在。

兩人才剛靠近醫院的嬰兒室走廊，就聽到一聲又一聲稚嫩的娃娃音在走廊迴盪。

「啊、啊、啊、啊⋯⋯」

「呀！哎呀呀！」

「打、噠噠、打！」

定眼一看，一群粉嘟嘟的小嬰兒正圍在門口，揮舞著肉呼呼的小拳頭，激動地攻擊著另一個嬰兒。

現場看起來有點像是嬰兒版的霸凌。

但是仔細一瞧，被圍毆的嬰兒全身皮膚灰濛濛還染著血，身上纏繞著臍帶、眼睛赤紅，嘴裡長著尖銳的獠牙，相當符合世人認定的「鬼嬰」形象。

而圍毆「霸凌」鬼嬰的嬰兒們，則是在攔阻鬼嬰進入嬰兒房，他們身上出現多處傷口，都是被鬼嬰的爪子抓傷的。

林百福快步上前，一腳就把那隻鬼嬰踢飛，池丹錦緊隨其後，用金框將鬼嬰封印住，而後林百福又一記重拳落下，將鬼嬰打的煙消雲散。

「欸？不帶回去嗎？」池丹錦疑惑詢問。

按照以往的規矩，遇到鬼怪後，都是打殘了封印起來，帶回去交給地府審判的。

除非對方化為厲鬼，非要跟他們拚個不死不休，不然林百福向來不會下狠手。

「那不是真的鬼嬰。」林百福解釋道：「它是鬼嬰類的靈異故事聚合體，是詭譎的一種。」

靈異故事聚合體所形成的詭譎，以前池丹錦不懂，現在她也大致明白了。

在醫院的靈異故事中，十個裡頭會有五、六個跟鬼嬰相關。

像是單純少女遇到渣男，為他懷孕，結果渣男不認帳，少女只好到醫院墮胎；或者是孕婦的丈夫家裡有皇位要繼承，只允許孕婦生男孩，不要女孩，一查出肚子裡的胎兒是女的就逼著孕婦打掉；再不然就是狠心媽媽為了名利、錢途，拿懷孕當工具，故意打胎；也有邪惡道士殺害無辜的孕婦和嬰兒製作法器……

各式各樣的故事，不勝枚舉，就連不怎麼看鬼故事的池丹錦也能隨口說出幾個。

鬼嬰，就是這些靈異故事凝聚而成的詭譎，並不是真實的鬼嬰靈魂。

「辛苦你們了。」

林百福從背包中拿出一個小瓶子，往小孩們身上倒去。

在跟鬼嬰的戰鬥中消耗不少力量的小孩們，接觸到瓶中的液體後，像是迅速補充了能量，身上的傷口消失了，原本慘白憔悴的臉色也紅潤起來。

「嚶！」

「噫呀！」

「些、些謝！」

小孩們發出各式各樣的稚嫩嗓音，開心地表達自己的高興。

這些小孩跟鬼嬰的形成有些類似，都是情緒的凝聚物，但是他們屬於正面情緒的凝聚體，是人們對於新生兒的期待、珍愛、保護等情緒所構成。

這種正面情緒形成的嬰靈乖巧又可愛，對人類無害，甚至會主動出手保護人類，就如同先前他們努力阻止鬼嬰進入嬰兒室傷害嬰兒一樣，所以異管局不願意用詭譎一詞稱呼他們，而是喚他們為「靈」。

在舊時代時期，異管局對靈的態度是以消滅、控管和利用為主，部分異管局成員還將靈視為「補品」，見到靈就想要捕捉來吃！

近百年來，時代變了，對待靈的方針也轉為溫和，以友善和互助合作為主，不會去控制靈的自由，更別說吃靈了。

一旦被發現有人私下控制靈或是吃靈，就會受到嚴厲懲罰，過往審判最重的犯人直接送到地獄受刀山火海之刑一萬年。

醫院的巡邏比池丹錦預期中的還要迅速，他們只花了三小時就巡邏完了。

這些時間有大半都是花在走路巡視上，真正用在跟詭譎的戰鬥上的時間連半小時都不到。

就在池丹錦坐上車，高興今天提早收工時，車內響起了緊急求援通知。

「ＸＸ小學學區出現特殊詭譎能量場！小學跟鄰近公園的雕像全都活起來啦！位於ＸＸ小學學區附近的巡界人快過來幫忙……」

「重複一次，ＸＸ小學學區出現特殊詭譎能量場……」

「欸？雕像活了？」

池丹錦訝異的看向林百福，後者迅速調轉車頭，朝著小學學區駛去。

「詭譎能量場是什麼？」池丹錦第一次聽到這個詞。

「能量場是磁場的一種。」林百福一邊開車、一邊解釋，「妳比較熟悉的能量場應該是『鬼打牆』，那就是能量場的一種。」

「能量場所籠罩的區域都會受到能量影響。那些靈異電影不是都會有鬼王嗎？主角們進入鬼王的地盤後，周圍的環境都會變成另一種模樣，那其實就是鬼王造成的能量場。」

「能量場有其獨特的規則，所有在能量場裡頭的人事物都會受到影響。」

「我大概懂了。」池丹錦似懂非懂地點頭，「那些雕像活起來，也是受到能量場的影響……所以我們過去是要把能量場弄掉？」

「對，能量場會有一個能量來源，只要將它封印或是毀壞，能量場就會自動消失。」

「這個我就聽明白了！」池丹錦興致勃勃補充，「就像是跑到鬼王的地盤，就要殺了或是封印鬼王，才能從他的地盤離開！」

「沒錯。」

他們離通報的小學學區不遠也不近，不過現在是半夜，路上根本沒有什麼車輛，在高速行駛下，他們開車不到二十分鐘就抵達現場。

才剛下車，他們就看見幾個人追著一個一米高的孩童雕塑跑。

「……回去吧！這邊不好玩！」

巡界人好聲好氣地哄著，但那可愛的女孩雕塑搖晃著腦袋，就是想要爬上公園的溜滑梯玩。

公園的溜滑梯雖然是鐵製的，但它也承載不了沉甸甸的石雕女童啊！

石雕女童才往上走兩、三個階梯，就將鐵製樓梯給踩歪了，巡界人成員無奈摀臉。

「算了，這個溜滑梯也有好幾年了，明天讓人換個新的過來。」

不遠處還有好些巡界人成員追逐著大象、兔子、獅子、猴子等雕像，又推又拉、又是圍堵攔阻的希望它們歸位。

現場的場景看起來充滿童話色彩，像是名為《跟石雕一起玩遊戲》的兒童故事。

「這……」池丹錦目瞪口呆看著眼前的一切，「我還以為是有人讓雕像『活』過來，要利用它們做壞事……」

「不是，這種情況每年都會發生。」林百福擺擺手，不以為意回道：「它們是因為都市傳說才『活』過來的。」

「都市傳說？」

「妳應該也有聽過，類似『小學的雕像到了半夜就會活過來，到處跑來跑去』的傳聞。」

「啊！有，我小學的時候有聽到這樣的故事。」

池丹錦小時候還因為這個故事，對學校的石雕像好奇又避而遠之呢。

「現在這個故事還有啊？我還以為已經沒有繼續流傳了。」

「當然還有，不然這些石雕像也不會活過來了。」

「都市傳說都會變成真的嗎？為什麼？」

「因為人的意念也是能量的一種。」林百福解釋道：「就像詭譎是因為各種負面能量、磁場和情緒形成的，人的意念自然也能構成特殊磁場，尤其是地點和事件都很清晰的故事，更容易構築出特殊的磁場環境。這種磁場環境有點像是……」

林百福停頓幾秒，想著該怎麼解釋清楚。

「其實這就是一種特殊的海市蜃樓。」

守在公園門口，防止石雕逃跑的巡界人插嘴說道。

「海市蜃樓？」池丹錦不能理解，「海市蜃樓不是視覺錯覺嗎？可是這些石雕會動！」

「所以說是『特殊的』海市蜃樓嘛！」對方笑嘻嘻地強調著「特殊的」三個字。

林百福接口解釋，「這裡的石雕受到流傳的故事影響，半夜會活過來，到了早上它們就會消除活力，變回原本的模樣，需要等到下一次能量再度充足以後，它們才又會在夜間行動……」

這種具有一定條件才能產生的特殊事件，不是跟海市蜃樓相當相似嗎？

「那『紙娃娃在農曆七月會活過來』也會變成真的？」

「對。不過紙娃娃沒什麼危害，我們一般不會去管它。」

紙娃娃體積小又輕薄，怕火、怕水、一撕就破，就算活過來，它們頂多嚇嚇人而已，不像這些石雕，要是讓它們跑到街上，或許會撞壞街邊的車輛或是花花草草，破壞力不小。

「那貞子、安娜貝爾……不會也變成真的吧？」

「放心吧！」守門的巡界人插嘴回道：「那些電影的產地都在國外，不關……不歸我們管。」

其實你是想說「不關我們的事」對吧？

池丹錦抿了抿嘴，又忍不住問：「台灣的電影不是也有恐怖片嗎？」

「嘖！國片又沒多少人看，那點能量弄不出什麼東西……」

守門的巡界人不以為然的擺擺手。

「……」

池丹錦真不知道是該覺得慶幸還是為國片委屈。

「其實這些石雕也可以放著不管。」林百福將話題拉回，「畢竟故事裡的石雕就只是半夜起來活動，沒有危害人的情況，不過要是不在天亮前讓它們歸位，它們就會停留在原地……」

屆時，晨間運動或是對小學和公園熟悉的人，肯定會發現這些雕像的位置跟動作都變了，在這個資訊高速流通，人人都愛發影片上網的時代，網路上馬上會出現一堆議論和謠言。

「欸？不是說破壞掉能量來源它們就會恢復？」

「對啊，恢復不就是變回石雕嗎？然後它們就會停在活動的地方。」守門的巡界人理所當然回道。

很顯然的，池丹錦所以為的「恢復」跟現實中的情況並不相同。

「能量源頭破壞了嗎？」林百福問著守門人。

「沒，那點能量也不多，不用到天亮就消耗完了。」守門人回道。

所以他們也就沒有多此一舉，專門去破壞能量源頭。

要知道，雖然那能量源頭稀薄，但是想要破壞掉它，少說也要耗費三、四張符籙，他們巡界人使用的符籙雖然是免費的，可是使用符籙要寫報告、符籙用完了還要寫申請書申請補貨，東西用的太兇還會被主管跟後勤部念，實在相當麻煩，所以他們能省則省，不給自己找麻煩。

「喂！那個跟在大象後面的！叫你勸它們回去，不是讓你跟它一起玩！」

守門的巡界人朝著公園裡的巡界人大喊。

「誰在玩啊！」被罵的人生氣的反駁，「沒看見我是被它捲著走嗎？」

看起來像是貼在大象身邊玩耍的巡界人，其實是被大象拉著走的，他的手臂捲著一條長鼻子，讓他無從跑開。

「走吧！去幫忙。」

林百福邁步朝大象走去，池丹錦緊隨其後。

04

池丹錦又受傷了。

傷的還是同一隻腳的腳踝。

她是在追著石雕動物的時候，不小心踩到隱藏在草地的小土坑，腳下一絆，就摔了下去，扭到了腳。

同樣是扭傷，但這次受的傷比上次嚴重，上次只是皮肉傷，這次她還傷了筋。

醫生檢查過後，建議她休息一星期，這段期間盡量不要走動，多休息。

好吧，反正接下來也沒有任務了，池丹錦乾脆利用這段養傷時間摺紙。

池丹錦覺得腳踝扭傷是小傷，但是玫瑰姨卻相當重視，一日三餐都是叫林百福端上二樓給她吃，不讓池丹錦辛苦的下樓外出買飯。

池丹錦覺得過意不去，玫瑰姨卻是堅持要她好好養傷。

「別以為這是小傷，要是這傷沒有養好，很容易落下病根！」玫瑰姨拍了拍自己的左手手臂，埋怨道：「我五年前騎車出門，被車撞了，那時我的車速也不快，摔在地上的時候，膝蓋跟左手手肘直接撞在水泥地上，去醫院檢查，骨頭沒有傷到，就想說只是皮外傷、小傷，沒什麼，擦個藥就好了，結果現在一到變天的時候，我的左手就會很酸痛⋯⋯」

玫瑰姨用自己的慘痛遭遇勸告池丹錦，後者也確實聽進去了。

「玫瑰姨不用擔心，我有好好聽話，妳看，我現在不是都沒有亂跑嗎？就只是坐在沙發這邊一邊看電視、一邊摺紙⋯⋯」

「妳這樣才乖！來，吃塊蘋果。」

玫瑰姨滿意地從水果盤中插起一塊切成小塊的蘋果餵她，作為她聽話養傷的獎勵。

「謝謝玫瑰姨。」池丹錦道謝一聲後，張嘴吃下。

這種「投餵」已經不是第一次了。

每次玫瑰姨端著水果盤上來看她的時候，她總是坐在沙發處一邊看電視、一邊摺紙，因為摺紙的過程不能中斷，也擔心吃水果的時候會不小心弄髒紙。

這些紙張的價格可不便宜，一張要價五十五元呢。

每次摺紙之前她都會先洗乾淨並擦乾雙手才開始動工。

一旦開工，她就會將今天預定的摺紙數量完成才會停手，所以等她摺完紙後，這些切開的水果都因為時間過久而變色了。

後來玫瑰姨知道她的情況後，就主動餵她吃水果。

池丹錦一開始還覺得頗為尷尬，還是玫瑰姨用「切開的水果放久了會變質、不新鮮、不好吃、沒營養」的理由勸她，這才慢慢習慣。

「我家阿福就沒有妳這麼乖了，每次受傷回來，叫他好好養傷他都不聽！」

玫瑰姨開始抱怨待在福緣金香舖看店的兒子。

「他有一次受傷了怕我們知道，整整一個月都沒有回家，都說有工作要忙，我就跟他說，沒事，你把你的工作地點給我，我去探班，你也不用管我，你忙你的，我就只是去看看！」

「他發現騙不過去，就自己回來了。手上打著石膏，頭上跟胸口纏著繃帶，把我跟他爸嚇個半死，硬壓著他在家裡養傷好幾個月……」

「他還說他是出車禍撞的。呸！當我跟他爸眼瞎啊！車禍的傷口會是那樣？那明明就是跟人打架打出來的！」

「他爸以前當學生的時候也混過一段時間，那時候他的脾氣暴躁，幾乎每天都在跟人打架，後來我拎著他去醫院當志工。」

「醫院裡什麼傷口沒見過？拳頭揍出來的傷，刀子砍出來的傷，棍子、破酒瓶、鞭炮、槍弄出來的傷，長什麼樣子我們都知道……」

「當初聽說他找到一個福利好、薪水高的工作，我跟他爸還挺替他高興的，誰知道這個工作這麼危險？他有段時間跑外勤的時候，就經常受傷回家！不是這裡瘀青、就是那裡被劃了一刀……」

「阿福老是說他是不小心跌倒、不小心擦到鐵架、不小心被箱子壓到……」

「我生的孩子，他的性格我不知道嗎？阿福他做事向來可靠又仔細，哪有那麼多不小心？」

「……」池丹錦抿了抿嘴，露出一個尷尬又心虛的微笑。

她可以猜出，那應該是林百福執行任務跟詭譎戰鬥的時候受的傷。

「那段時間我跟他爸一直以為阿福是被公司的人欺負、霸凌了，想叫他辭職回家，可是阿福就是不肯，還說他在公司待得很愉快，說他公司的人沒有欺負他。」

即使這件事情已經過去許多年，玫瑰姨還是顯得相當生氣。

「阿福不肯離職，我跟他爸還以為他是被公司的人威脅了，還跑去警察局報警，後來警局證明那是一間正規公司，他公司的主管還帶我們參觀公司，說我們隨時都可以去神巡攝影了解阿福的工作情況……」

玫瑰姨撇了撇嘴，顯然對神巡攝影的意見很大。

「公司是正規公司，但是誰知道他們的工作是什麼樣？反正我就沒看過經常出差受傷的工作！」

「嗯……」池丹錦僵硬地扯了扯嘴角，露出一抹禮貌的微笑。

媽呀！明明玫瑰姨說的人又不是她，為什麼她會覺得這麼尷尬啊？

「阿福不想辭職，我跟他爸也只好隨他了。後來他身上的傷就慢慢變少……」

「……」池丹錦默默地點頭。

這時候的林百福應該已經變厲害了，不再受傷了。

「這幾年下來，我跟他爸也認了。只要孩子不是做壞事，他想做什麼就去做吧！我們當爸媽的，只要孩子過得平安健康、開開心心的就好。」

「但是，阿福一直交不到女朋友這一點讓我們很頭痛！」

「……」

玫瑰姨突如其來的大轉折讓池丹錦茫然的愣住。

「小錦，妳覺得我家阿福長得好看嗎？」

「啊？」

為了確保池丹錦說的是真話，不是場面話，玫瑰姨又連忙補充道。

「妳老實說沒有關係，我不會告訴阿福的。妳也不需要有什麼心理負擔，我只是想知道妳們這個年紀的女孩子的看法……」

「他長得不錯啊……很陽光，挺帥的。」池丹錦老實回答道。

「那阿福的性格呢？」玫瑰姨又問：「以妳這個年紀的女孩子來看，阿福的性格怎麼樣？」

「他……」池丹錦回想了一下，「一開始覺得他有些悶，不好溝通，不過熟了以後覺得他的性格不錯，人挺好的。」

「對嘛！」玫瑰姨拍了一下大腿，「我家阿福長得好看、脾氣好，工作穩定，收入也不錯，怎麼看都是一個很好的對象啊！為什麼他就是交不到女朋友！」

「……也許是緣分還沒到？」池丹錦回了一個萬用的理由。

「阿福也是這麼跟我說。」玫瑰姨頗為鬱悶，「可是緣分也要自己主動創造啊！他老是說沒時間、跟那些女生沒什麼好聊、聊不起來……可我看他跟妳聊的就不錯啊！」

「……」

意外遭受波及的池丹錦能說什麼呢？她只能露出一個禮貌又無辜的微笑。

幸好玫瑰姨也沒有池丹錦回話的意思，她埋怨幾句後，話鋒一轉，變成了池丹錦的工作。

「聽說妳的合約要到期了？」

「還有幾個月。」

「這樣啊……」玫瑰姨沉默一下，又問：「我聽阿福和木桃說，妳很優秀，拍的照片很多人都喜歡，他們公司想跟妳簽長約……妳有打算簽長約嗎？」

「這個我還在考慮。」

「確實要好好考慮，長約一簽至少五年呢！」玫瑰姨贊同點頭，又道：「如果啊、我是說如果，如果妳決定跟公司簽長約，阿姨麻煩妳以後照顧一下我家阿福。」

「啊？」池丹錦連忙搖手，「都是阿福在照顧我，我……」

「我的意思是，以後你們出差，要是……」她停頓幾秒，才又接下去說道：「要是妳覺得有危險，阿福可能會受傷的話，妳幫我攔著他一點。」

「……」

聽到這話，池丹錦覺得玫瑰姨似乎知道林百福的工作內容是什麼。

「阿福他的責任心很重，工作的事還有他答應的事情都會辦到……就是不聽我跟他爸的話！」玫瑰姨忍不住拍著大腿罵道：「叫他照顧好自己，不要往危險的地方跑，他老是不聽！」

「我也知道，那是他的工作，不過我還是希望，他遇到危險的時候，能有人攔一攔，或是幫一幫他……」

玫瑰姨期盼地望著池丹錦，眼底充滿了母親對兒子的關愛。

「我知道了，我會幫他的。」池丹錦點頭保證。

「謝謝、謝謝妳！要是阿福不聽妳的話，妳就說是我說的，要不然就等回家以後跟我說，我去罵他！」

玫瑰姨明示池丹錦可以「狐假虎威」，還可以回家跟她告狀。

「好。」池丹錦笑著點頭答應。

玫瑰姨走後不久，林百福安靜地從池丹錦的房裡出現。

原來是池丹錦在網路上買了一個置物架，打算自己組裝起來放在房裡，結果她意外受了傷，便拜託林百福前來幫忙。

「都聽到了吧？以後要乖乖聽話啊！不然我就跟玫瑰姨說！」池丹錦笑得燦爛，

語帶威脅。

「忘恩負義啊妳……」林百福虛握著拳頭晃了晃，做出威脅的姿態。

「我這是助人為樂！」池丹錦抬高下巴反駁。

林百福隨手敲了她的腦袋一記，又一口氣將剩餘的水果吃光，還把池丹錦沒有開封的珍珠奶茶喝了。

「我的珍奶！」

心愛的珍奶被喝掉了，池丹錦不滿地打了他的手臂一下。

「幼稚！」

「哼！」

孩子氣的報復後，林百福拿著珍奶起身，慢悠悠地走下樓。

「想管我，等妳跟公司簽了長約再說吧。」

「你放心！我一定會簽約的！你給我等著！」

池丹錦揮舞著拳頭，張牙舞爪地回嘴，嘴上罵得生氣，語氣中卻沒什麼怒意。

轉過身，池丹錦播出一通電話。

「桃姊，是我，小錦，續約的合約我簽好了，已經寄到妳信箱了……」

結束通話後，池丹錦來到窗邊坐著，眺望窗外的風景。

自此以後，她也是有「同伴」的人了——陰陽巡界人。

池丹錦眺望著窗外的風景，暢想著成為「陰陽巡界人」的未來……

（全文完）

後記

《陰陽巡界人》終於完稿啦～

這本小說從構思到完稿拖了一年多快要兩年，中間幾度刪刪改改，背景設定、人設、大綱都改過好幾次。（累趴）

寫作的過程中，我也對地府跟現實中的一些事情進行了回顧和整理，把一些我困惑的，找不到答案的，用自己可以接受的邏輯寫進小說中。

例如用符籙害人、例如億元紙鈔、例如地府的存在和運作……

當初看到我媽買億元紙鈔要燒給祖先時，我第一個反應是：「這是假的吧？要是真的一張就一億，那地府不就通貨膨脹、金融制度崩壞了？」

然而，在越來越少人遵循傳統土葬，轉成火化葬禮，並且親人在探望亡者時都沒有燒紙錢的情況下，這種紙鈔的出現似乎又是必然的。

現在大多數人不想生孩子，生育率逐漸下降，而靈魂在地府經過審判，一切都結清後，靈魂也不能立刻投胎，還是要排隊等時機。

在等待期間，靈魂也要吃喝吧？

要是不用吃喝，那身為靈體的他們，也需要補充能量維持自己不會消失吧？

既然有需求，那就會產生供需和交易，紙鈔作為交易的媒介，自然是需要存在的。

而且生活在地府等待投胎的，不是只有自己，還有以往的長輩和祖先，他們也需要生活、需要錢吧？

然而，陽世的親人只有會在清明、重陽和過年才會祭祖。

想想看，一年只有三次吃飯跟領錢的機會，而陽世的紙錢燒少了不夠，燒多了不環保……

這麼一想，億元紙鈔的出現好像是很合理的。

當然啦！億元紙鈔在地府是不是真能使用，這個我不清楚，小說裡頭的描述是我自己思考過後，想出的合乎邏輯的猜測，並不能當真喔！

符籙害人的事情是真實的。

當初聽到這件事情時，覺得很不可思議。

不是覺得符籙害人不可思議，而是害人的那人供奉的是三清道祖，道教正派神明！那人也是小有名氣的道士，沒想到對方竟然會賣害人的符籙，幫助他人害人！

我當初聽到時，心裡想：「這樣的事，道祖都不管的嗎？」

後來才知道，這種事情需要受害者自己向三清道祖或是其他神明稟告，（類似受害者去警察局報案），神明接到報案才會去調查這件事。

要是你不報案，那就代表你不追究，神明也無從干預。

朋友們！記住啦！以後要是遇到事情，一定要去廟宇跟神明說啊！

小說中提到的「走陰差」是來自民間傳說，我的另一本小說《陰差實習生》就是用走陰差為靈感的故事，對這種設定感興趣的朋友可以看看喔！

另外，我跟凝微合寫，去年在台灣角川出版的《世界之外，有妳存在》，百福和丹錦也有出場客串喔！（打個小廣告）。

希望《陰陽巡界人》這個專屬於他們的起源故事，大家會喜歡！

也歡迎大家來我的臉書「貓邏的幻想國」留言給我喔！

國家圖書館出版品預行編目(CIP)資料

陰陽巡界人/貓邏作. -- 初版. --

臺北市 : 臺灣角川股份有限公司, 2024.04
　面；　公分

ISBN 978-626-378-799-5 (平裝)

863.57　　113001938

陰陽巡界人

2024 年 4 月 25 日　初版第 1 刷發行

作　者＊貓邏
插　畫＊ ALOKI

發行人＊台灣角川股份有限公司
總監＊呂慧君
編輯＊喬齊安
美術設計＊林佑邦
印務＊李明修（主任）、張加恩（主任）、張凱棋

台灣角川

發行所＊台灣角川股份有限公司
地址＊ 104 台北市中山區松江路 223 號 3 樓
電話＊（02）2515-3000
傳真＊（02）2515-0033
網址＊ www.kadokawa.com.tw
劃撥帳戶＊台灣角川股份有限公司
劃撥帳號＊ 19487412
法律顧問＊有澤法律事務所
製版＊尚騰印刷事業有限公司
ISBN＊978-626-378-799-5